謎樣場景

自我戲劇的迷宮

黃以曦

Aporia

《謎樣場景：自我戲劇的迷宮》中有個「我」，我想他有個職業，住在一處小城，在不同時序梯階上牽扯些人。我想他在愛情裡無止地進出，曾經與依然捱受有高亢或荒涼的夜晚。我想他亦在歲月中老去，倘若他與我們共享同一筆物理法則。

每日，他寫下發生或未發生的事。整落簿記，部分章節較其餘讓他更執迷。

可到底，我對他一無所曉。直到一筆接一筆，讀取他設造的戲劇、創製的意義，整套廓線終於浮顯。並非迷霧散開、某身形被揭曉，而是，一個人之長出他自己，即將存在，可以被看見。

——黃以曦，本書跋文〈虛構的科學〉

CONTENTS 目錄

序場

生活的薄片

起初，奈特並沒想到可能會死，因為從未遇到過這種事。他不考慮未來，也不追憶過去。他只是眼睜睜看著大自然企圖消滅他，而他竭力反抗。

懸崖如空圓柱體的內壁，頂上是天空，底下是大海；環顧四周，懸崖對海灣形成半包圍格局；側視兩邊，他似乎能看到垂直面從兩邊把他環住。他向深邃的下方看了一下，這才徹底認識到威脅有多大。到處充滿敵意，一股涼氣透過全身，他感到前所未有的孤寂。人們在懸念的瞬間稍作停頓，其心靈就會受到無生命世界的引誘，這是常有的事。奈特眼前崖壁上嵌著一塊化石，是岩石上凸出的一塊淺浮雕。這是一種長著一雙眼睛的生物的化石，眼睛已死，化成了石頭，但此時這化石甚至也盯住他看。這是叫做三葉蟲的早期甲殼綱動物。

奈特與這種低等動物相隔幾百萬年，但似乎在這死亡之所相遇了。這是他視野內惟一一種東西——擁有過生命，擁有過需要救助的身體。像他現在一樣。

——托馬斯・哈代，《一雙藍眼睛》(*A Pair of Blue Eyes*)

原來是這樣。即使當人不在了，一個屋子裡的所有細節仍盡其所能要釋放溫度。她離開這裡，逃難似地，捲走了一切塞得進行李與後車廂的東西，那一幕已是一個月前？我當時就站在這牆邊，看著，沒想說話。攪和了恐懼與憤怒的風般的她的勁道，直到現在，我仍感覺得到那個晃搖。

有時我強迫自己想像她去了哪樣的地方、正在做什麼……，不，應該說，我強迫自己得感覺一種將衝出的、要去做這些揣想的迫切。我無法自主感覺到這個。就算一度有去想的念頭，念頭亦在未成形時就消散了。我該想像什麼？當她還在這裡，我不曾與她一起做些什麼，不曾覺得自己參與其中。

當我們在餐桌上，在花園裡，在後門那小徑盡端的海灣，那些時候，我是什麼樣子呢？妳對我再失望，仍將繼續那樣記得我，對嗎？這世界真成立有這樣足以作為給誰的記憶的場景吧？但那是什麼樣子？我們畢竟只記得發生過的事，而難以記得夢，難以記得謊言。

然而，這並不表示我的表演是虛假的，不過是那些東西成立的核心，與它們所自稱的，未能點對點扣上。以致於就算妳已知曉了真相，妳仍無法不繼續那樣記得。

我，也想分享妳的記憶，看到妳曾看到的東西，多知道妳一點點。……此刻，我想記得她，但假如我不知道她，我就無法記得。

在我這邊，我記得，我曾與一個女孩約會，然後我們在一起，搬進一個小房子。下班後，我們共度晚餐；週末，我們去散步、去海邊；每年幾天，我們去遠一點的地方。我記得這些歲月的結構，記得當我和她在一起，住在一起，整件事最開端的模樣。那時我戰慄於幸福的洶湧而來，因為從當刻起，我終於與更外面的世界，斷然切割。

如同上班是給她的藉口，與一個人有段穩定關係，是給他人的關於下班後的我的藉口。事實是，我不在辦公室，也不在這溫馨小屋。若有所謂真正的我，他在別的地方。我一度以為我可以安心地獨擁這事實。

若在電影中，我許是一名大隱隱於市的連環殺手、駐點的特務，或者，是那種太在乎輸贏以致於拋棄輸贏的狂熱科學家、忙著巨大但不可見光的什麼。可我不是。我沒在忙什麼，沒非做什麼不可，我只想安靜活著。想既不被看為異類，也不被吸進人群。

這能稱作秘密嗎？我的心空空的。但我覺得很好，希望能一直下去。

我感到呼吸困難。我將門打開，大口吞進更多陽光，那個金黃慷慨而寬闊，即使是這樣的我，亦被蒙上，如夏日海面般發光。我念著，說得上犯錯的，到底是什麼？哪個環節？怎樣一個意念的辯證性差異？是從概念往現實的實踐之不夠準確嗎？若不過是計算失準，卻來到如今的全幅崩塌，這合理嗎？

回想那個晚上：妳把餐桌抹得一團糟，我退到角落，訝異極了。妳在次日清晨離開，我怎麼也找不出貫徹的線。是的我想她已兜起整個故事，才這樣斷然捨去。但她找到了什麼？她如何理解？何以她認為自己能夠理解？

或者這並不在一夜間崩塌，而是每日有細微跡象，終於越過了臨界？我頹然放棄回頭拆解。這些日子我太安逸，太沾沾自喜，再不可能找得出那個我自以為無懈可擊的生活之任一破綻。

我是個怎樣的人？我問自己。我只是接受自己的樣子，試著完整地，在原本生活過下去。我只是這樣的人。

但什麼是自己的樣子？我想那個意思是，在一張密麻的平面上，我有個區塊，那裡可容納從最無聊到最危險的混沌，那裡有一個個包容了空間和時間之錯差餘裕的小隔間。它們是不連續的，人們無法穿透，沒有認知與印象。若有某個我的樣子，那會像是流動於顯與隱形間的幽靈，微調著行為。但無論如何迷離，每一回的我的存在，仍有著現實感。

打開門，外面是他人的小隔間。若對方也準備好、也走出門，我們會就著門邊，聊上一會。我沒有邀人進門的壓力，沒有人會懷疑他面前的我，正倚著一處時空實驗場。

小房間。小房子。我沒有非在裡頭做些什麼，但這種地方就用來忙些勾當，因此有這種小房間的人，或者就該為了什麼，無論目的多詭異，那反而才正常。

我們共組家庭。於我，她是個歸屬，給了我他人自以為理解於是不深究的身分，這令我安心。婚姻成為我合法隱匿於人群、變得不起眼的憑證。

當然，我也付出代價。我得堆滿笑容，隨傳隨到。我不抗議，不感覺耗竭。這是代價。當有個身分，就不會有人懷疑我是誰。而實務上，我亦已沒有餘裕做別的事，而人不會去找和自己一樣累得像狗的人的麻煩。

當我說這正是我想的自由，我並不是諷刺，所有跟我一樣匍匐於現實甬道的人，倘若還在乎自由，都會同意，這份極限的、在水泥塊間閃著的光芒，已是自由。

肯認這段關係時，我曾擔憂即使是這樣，我仍難以成功藏匿，畢竟我可是在一個持續運轉的生活，竟想保有另個完整思維。為了不驚動他人，我鍛鍊出特殊的精明，創造專屬每一現場的我的局部。這些角色不必是怡人的，但必須是融入的：比如你可以是一個在派對上毫不起眼的乏味傢伙，但不該是不屬於這個派對那樣的人。

我為此忙碌。我可以繪出一幅圖景，裡頭人們的表情、舉止互相銜接，就算是隱匿的心意或刻意的留空，也被指定了位置，然後從這視野反推，建構每一不同場景的我該扮演的局部。我知道事情的本質和乍看之下並不相同，一個圖景的安全，並不因為那裡面毫無暗湧，而是那些黑水悄悄出生而又沒去，或者轉換地進駐已有現成模架的事物……。

但明白這個對我沒有幫助，我怎麼把自己抛進去賭一把？我猜我反而更突兀。我的全面性均質，像富有柔軟度的特製機器人，仍抹不掉本質性的金屬冰冷。

但這是假定妻真從人群中感覺到我。理論上，若我被當成整體中的一部份，而不是個獨立事項，這種怪異儘管存在，卻不會被揭露。準確地說，要從人群中標誌我並不容易，與其說是我讓自己不具有任何特徵，不如說是我讓自己連不上任何聯想路徑。

這是悖論嗎？以隱匿人性的方式去申明人性？若有一盞茶的約會，我樂於辯論那些號稱是悖論的東西多數並不真齟有相互抵觸的命題，多半是觀念的扁平碰上了介面的錯差。我之所以必須隱匿我的人性，在於所謂人性，不曾是任何一人的人性，那是一個平均值、一個定義、一個標的，那不是某個具有體量的什麼，而是空的。只是空氣中一份壓力。

就著這抽象的依據，人們微調著，自哪遠離、往哪靠近。然而，人性的概念不因此落實，它始終是空的，如立方體的邊線。無論人們將自己抽乾，自以為在上頭生根，變成那個，他們仍可以在一瞬間又充飽了氣回復為互異的個體。而我無法只擁有那個變回來的可能性。

哪裡可找到真正精緻的剪裁？要怎樣才能接近那裡、進駐那裡、卻仍是自己？我不知道該怎樣看出某特定一處之真被單向地逼近，我搞不懂當人處在全方位得如何才能自我塑造為特定的朝向？

我不是說這些事是不可能的，我只是說我不懂。假如你做不到一件每個人都能做到的事，你該要懂它。本來就能做到的人，則不需懂。一件人人都能做得到的事，它可能是可以被學習、被懂得的，但也可能不行。大門緊閉。

比之無盡的試錯，我想重頭建構會有較高的存活機率。

我閉上眼睛，思緒奔流這房子裡整幢歲月的線條，重走一次從初始設定、到邊界、到層次的建構。

怎麼說我不愛妳呢？說我不關心妳？怎麼說我的心從來不在一切都是假的？美好的清晨，陽光普照，妳從我身邊退開幾步，聲音扭曲，喊著。我歪著頭，看不清妳的臉孔，光線從妳身後直射前來。我皺了眉，什麼時候起，老有些片段的畫面干擾地混在線條和形構間，這讓我困擾。

重頭建構一幢生活、整齣存在事態，很重要的意義在於，這讓一個人之每筆表現，都自特定核心展開，因而自然、有機。與此對立的，是每回合地，為當場遭逢去研磨一份最適處置，卻難以攏回單一核心；如此，只要事態略轉個角度，看似無瑕的表現就會卡住。

儘管只有像我這樣的人會將那些細微的不平滑，看為災難性破綻，可我掛心的，非關被識破，而是，我怕做不出能說服自己的假裝。其實，到後來，我已無法假裝能被自己給說服。

當人們說「這是假的」，他們的意思是什麼呢？創造一個獨立而完整的全體性，不正是為了保證從那長出來的，再扭曲、也無法不是「真的」嗎？她說我虛假，在那一刻，比起對自己表現的挫折，我更感到憤怒：原來再完備的理論仍有其有限性，而我不僅無法扭轉它，我甚至未能洞察它。

我曾心存僥倖嗎？當她問我我愛她嗎，我點頭，想的其實是她與這個家為我鋪展的生存康莊大道，我以為她不可能分辨那有什麼不同，畢竟我放在心上的並不是另一個人……。是這樣嗎？

或者，我沒有心存僥倖，我確實認為那是同一件事，我是愛她的，一如形式與內容之辯證的另種解法。當我渴望這輪廓線下頭的血肉與聲息，原就是整件事的另一面向。我沒有不愛她。

再一次，最後倒數地環顧，新的感覺爬上給我：這房子顯得比印象中，或比想像中，老了點。幾乎有幾分悚然，像一朵花在面前一點點、一點點地變皺。我在腦中搜尋著這個屋子曾有過的全部模樣，可眼神一鎖在上頭，要有時間的手，探了過來，遍灑灰粉。一切變得好舊。

難道這是這整件事的起頭？她、這屋子與我，我們慢慢變老，我不可免地陷入了與她的某種「一起」，那並非皮相的轉變，而是那所意味的浸染，我們非各自獲得變化，而是被綑在一塊，成為單一物項，那樣整個變老。黑夜如網，將我們封包，夜愈深，網格愈捺進膚觸。

我想我扮演一個角色太久、太求工，以致於我太多地趨近它、幾乎變成它。那整個隨歲月捲縐起來的東西，有相當規模的「我」在裡面。

我曾想以一個為體系所規範的關係，作為我的身分建構計畫，我曾想憑空捏塑一只愈來愈完整的形體，由此隔絕……，不，由此填滿他人的所有注意力。然後我將佔據一個真正的隙間，藏進月的陰影。

只是，人真能創造出與自身斷然切割的他者狀態嗎？此刻，我依然相信這個理論，那不是做不到的，只是我在過程中犯了致命的錯。

錯在於，我耽愛地沈入我建構的身分，我的感情賦予它紮實的質地。當它顯得愈可信，它的之所以可信，那個源頭，將一點點、再一點點被透露出來。因為，這份可信來自於我的構作、我的維護，那於是揭發了我之在外頭，而非在裡面。

什麼時刻開始，我介入了那個原本只該是樣版的身分，錘鍊起日常細節？我迷戀地要確保它從這與我共度的生活中所觸撞出的一切情緒可望更為延伸、綿密……。

我不愛單薄的笑，一個笑與另一個表情之間，該有共振。我不愛往來的話語只作一次性使用，我以為難以區辨的此與彼形貌下，仍總堆疊著，直到辯證性變遷，又或者，映射回地使那更為本質或宿命的東西浮現。

此刻，我仍確定，在這之間，我不曾將別的世界的片段混入，以致於造成她的懷疑……。我只做剛好的干預。而與其說這是災後的自我辯護，不如說，恰恰由於我這般鍾情於此一生活，是以不可能下手催生任一項不可逆的變造，因為那不合理，那違反美學。我猜我也許確實比我以為的更著魔一點。可事情必須在控制中。事情始終在控制之中。

可到底，我沒有自己宣稱的清白，是嗎？在那個晚上之前，我真的不曾發現異狀嗎？我真有自己說的那麼近乎自得的無憂嗎？

瞥見玄關的穿衣鏡，角度的緣故，我往鏡子看進去，那裡只有空蕩的屋裡空蕩的角落，金色的塵粒猶豫地浮沈。我想起了曾有幾次，妻的眼神給我一種被拋至曠野的空無感。

似乎是某些時候，我從書或餐盤抬起頭、開車時轉頭向她、夾著話筒不經意地往另一頭看……。她突然出現在我視野中央，正對著我。當時我沒多想。若我真的記得，則記憶中，她總是在我意會過來之前就笑了。然後別過臉。接著的畫面，是她頸肩的美好弧線，或投在牆上的側影。我只記得這麼多。我曾以為我已記得夠多。

她與我的眼神以微細的距離相錯過，有時如蜻蜓輕輕停住，接著才滑離地分別開來，有時各自投遞，不曾對上。

現在，讓我來說，我會覺得她在被調控得宜的日子底，自某些縫隙發現我。她一路比對與驗證，確定整件事是一個騙局，一個從頭可疑的局面。然後，那抵住她心思某個什麼的臨界。抵上那個臨界，滲出那個臨界。她遂終結了一切。我苦笑，想那種，一夜間全面取消，其實，比較像我會做的事。

由此，我又想，或者那個晚上並非我堅稱的戲劇化。也許那天很安靜，她吃完飯、悄悄離開、而我被浸在我不曾留意的電視聲響。或也許，沒有那頓晚餐，也許桌上擺滿飯菜但只有我一個人。我突然覺得想起了，曾湧動有一份內疚，我洗著碗盤、焦慮著、食物都沒吃完多麼浪費。

會否理論是有瑕疵的？我不可能創造一項事物，卻不在裡面留下自己的活著的筆觸？

我曾戮力建構一幢結實的正常生活，躲在後頭，安安靜靜，與誰都無關。人們愈以為看到我、懂得我、連上我，我愈完整脫鉤。技藝的嫻熟。我造出一個充滿細節卻全無矛盾的所在，它如此精準，如此清潔。比這更好的，是那其中且長出有新事物。說是新，卻是同一軌道的推進。平衡的樂音流洩，我被兜入更遠的地方。不曾看過的風景，卻絕不出錯。

然後我愛上城牆的本身，愛上建造工程的本身。我太放縱、太耽迷，我遺忘了關於「無關」的定義。然後，妻，也許還有更多人，他們發現了我，與我的不在。

我倚著門，感覺到由那裡透出的濕潤的同情。我感覺這屋子、花園地上散落的園藝工具、通往崖邊的小徑、持續由樓上房間未關上窗戶湧入再由樓梯一階一階往下走來的風，它們都站在我這邊。不曾孤單，絕非徒勞。我想。

花了那麼整個人生去將自己藏起來，我曾以為我被我的努力、技藝與對於錘鍊完美的愛所背叛。然而這故事其實不是這樣看的。……我閉上眼睛，想從屋子裡再多聽到一點聲音，像個紀念品，陪我上路。可我已為真相大白的溫暖所擄獲，裝不下更多。我無聲地對妻說，我都記得，不論那是什麼，就算我們彼此擁有的並不相同。

我想念妳，這一刻。

西斜的陽光將一切事物拉出長長的曳影，曾在此上演的歲月似是個被壓得扁扁的空罐頭。我，還在這裡，渴望相同的東西，畏懼相同的東西。沒有遺憾，不必遺憾。我曾做的事我將再做一回。

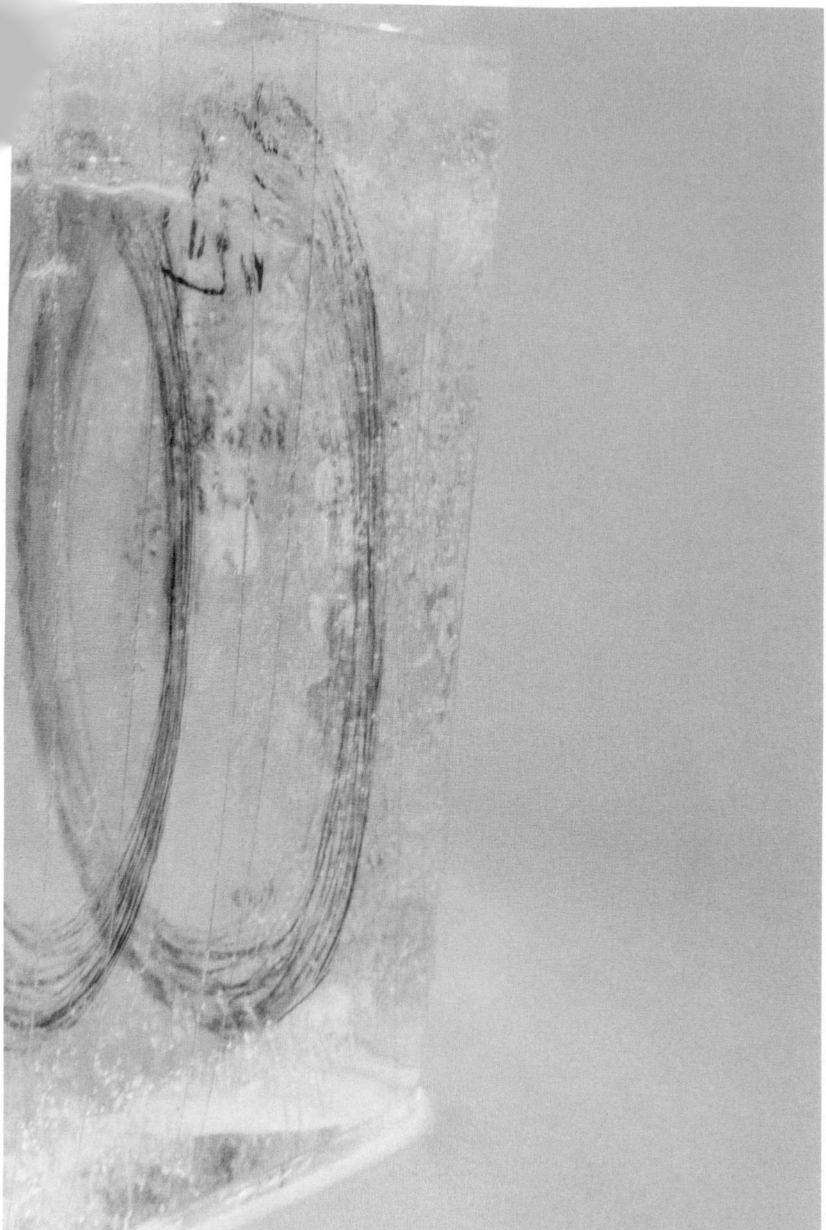

第一部　空間

理論狂熱者

「你是個理論狂熱者。」她滿臉淚水。這遣詞讓我分心，遺忘了面前的爭執。

她說得對，我想我是個理論狂熱者。畢竟，對情感暴漲的人而言，沒有理論的生活是不可想像的，不親手研發更繁複理論套式，亦是不可想像的。

情感沒有輪廓，不需要支撐軸架，不在乎核心與邊陲。情感輕視設定與假說，不在乎效率，不要求結果。情感不知道人會死，誰都無法飛升地離開地面。情感是青春之泉，滿載譫妄。

我不介意那樣活，可我不能。我得用感受到的去催生詞彙，鍛造原則，然後是體系與系統。我用理論的抽象，製作傳說中的永動機(perpetual motion machine)。

第一套感觸，催生第一部永動機。永動機將平凡的經驗框架為新鮮的感觸。新的感觸抵住上限、催生再一部永動機，然後是新一套感觸……。唯有理論，讓我對抗黏熱的生存亢進。

唯有理論，我才能質疑現實。像在白色的密閉房間，用力將整個身體往牆撞去，竟也就穿牆而過了。密閉不過是前提約制的幻覺。

我沈醉地思考著，不再介意她的離開。

點亮全世界的燈泡

在聚會與獨處底，春天來了，秋的消沈，焦躁與寧靜，我一個人活著，不能停止。害怕被追上，害怕被遺落。

我正在一個小酒吧，這裡如點亮全世界的燈泡那樣熱鬧。我審視這景象，感覺這恰恰如同我之在我的人生的正中央。某個不可切斷的連帶，將我蒙進幽閉。每筆事項壓迫地爬近，但跨過臨界，卻無預期的火花，像是那不過是新維度的入口。

我在酒吧最角落，如同我在人生正中央，我感覺到不可能走出這地方。事項喧鬧著，堆積著，未佔據通道，而只是每一落空隙都向內纏繞。我踏出去，會回到原地。

我耐心看著正發生的故事，允諾一切元素，當氣氛緩解，我會獲得一個出口。我其實記得，自己是花了許多努力，才找到路，來到這裡。在越界的當刻，我甚至許下承諾，我想屬於一個地方，如此我就可以屬於我。

但也許，我並不願意屬於我。

徵兆

開始對事物有了直覺，是個徵兆。自喜地看著自己越過不知道可以勝任的真實，跨出不知道路徑的圖景。

回想起來，那是個徵兆，我所在的世界在該個時刻攫取了我。那是它的平面上的流動，那是它對我的直覺。

旋轉的彩色氣息

不久前，我在常去的咖啡館聽到一首歌，旋轉的彩色氣息勾起了未明的記憶。感觸如潮，一波比一波高。離開咖啡館，我去了唱片行，找到那首歌。

反覆聽，一天一天。變換著聽，不同晴雨，通勤途中，眠夢之前，心不在焉的餐食。聽著。我逡行於記憶的岩層，濛濛找尋。

今天，我又去了那個咖啡館，我聽到那首歌。我想起我曾一次次在這裡，聽到它。咖啡館的那首歌，讓那天的我想起那個咖啡館，與我在那裡所有的日子。

海的純真

眺望著，海水的湛綠透出純真。我明白海的深、甚至看得見。從岸邊，往地平線，推進。很快要陡下整幢落差。

海不曾勞煩要藏匿什麼，下頭所有事態，在最外圍平面打開，我曾將它與正午陽光混淆，但接著我認清，它們不僅是獨立的塊落，且從非在同一介面。

這是海的純真。它近乎暴露地開敞，以掩住裡頭的周折，人們或可由水色漸層與浪的形構，推知底下的存在樣態。但對結構知道再多，不過是通往新一結構，無論那框架收藏什麼，都關於連上時間遠端的心意，一份不求定義與兌現的心意。

風帶來皺摺，一進一退的浪的自在。海輕微運動，像呼吸。這起伏，使視野中的全部更顯勻靜，像封凍的雪國，像睡美人。因此，當第一批身著海灘裝扮的人進入畫面，我瞇起眼。那個繽紛太不協調。

鏡頭架在制高的崖邊，二十分鐘的影片中沒有事件，海上金色蕩漾，幾無位移。浪花往復。線性的推展，卻給人環狀的無限繞返錯覺。直到戲水的人大量到來。

到這一段，我嘆一口氣。闔上電腦。該上班了。每日早晨，我播放這個影像檔。其中有什麼觸動我，那個未明，那個無法開啟、還原的本身，適合作為一天的開始。

宇宙中另一原件

（J探員在酒吧遇到葛瑞芬）

J探員：「怎麼樣？還好嗎？（How's it going?）」

葛瑞芬：「還好嗎？嗯，這得看情況。我個人目前認為，還不錯，一切都很好。

當然除非，我們其實是在有另個可能未來的宇宙，在那裡，門邊那肌肉男將與女友吵架、這會讓她奪門而出、因而撞到端著蘑菇餅的客人、導致食物飛砸上正要離開的水手、造成兩邊扭打成一團、因而撞倒旁邊的咖啡桌。若是在擁有那樣未來的宇宙，我得趕緊把餐盤移旁邊一點。」

（此時，剛描述的場景發生了）

葛瑞芬：「嗯，又或者，我們是在有另個可能未來的宇宙，我正在吃的牛肉三明治將讓我胃痛，不過感謝你啊老兄，你朋友會從他右邊口袋掏出止痛藥給我，我吃藥就沒事了。一切都很好。除非，我是在一個處於有這種可能未來的宇宙：我因故得在兩分半鐘內走人，於是錯過了他掏找止痛藥。要是那樣，我得說，不太好。我不太好。」

（J探員瞪葛瑞芬一眼）

葛瑞芬：「但總之，就是得看情況。」

——巴瑞·索奈菲，《MIB星際戰警3》（*Man In Black 3*）

想像彼個宇宙也有批我們，數不清的器物與華服，慶典與日常操持，有花兒也有蜘蛛……，從地球遙遠地眺望過去，一切似是熟悉的。

那裡會有不同的重力法則嗎？物理課本內容和我們的一樣嗎？它們是否維持著我們此刻看去的面貌，永遠不死，永遠不老？於我們作為比喻的敘述，在那些世界裡會否是尋常的紀實？

我曾在書上讀過一個個陌生卻熟悉的宇宙，與其說它們為我的生命平添新的存在面向，不如說那透露了看似密閉的這個世界，在過去一點點的地方，有另個人間，自顧自平行搬演。

那些故事隱喻地搖撼我，它不是我記憶中某一處真相，而是它在宇宙中的另一個原件。它不是孤獨的。我也不是。

感官的格式化

我可以看到白天一點一點移向黃昏，移向星夜，我可以看到春天一點一點移到夏天，到秋天，再到冬天。為了不被太大的世界威脅，我將感官重新格式化。

我不再能辨認蜂蜜的甜，木炭的煙燻，不再能意識情人已離開枕邊。音樂已停止。

窗外的葉子，我將看它飄落，有雙腳要從上頭踏過。不為人知的存在。我已有能力記下這一切。

早年記憶的特權

下雨的清晨，打開窗，我回到童年寒假的野營，臨著水庫的山林營地，早餐前的晨操，強勁如霧的潮潤，纏繞不散。

上班日的午後，我從辦公室溜走，蓊鬱的小巷只有我。揣著剛買的菸，恍惚間，小學遠足日的早起，在家裡與已在學校操場待命的遊覽車兩端點中間，硬拐過整幅田埂，到兼賣豆漿早點的小雜貨店，多買一小包糖果，一條橘子水。

睡不好的夜，我在黑暗中央醒來。路燈蒼白，騷動被揭發。無數大樓，無數房間，其中一盞，再一盞，燈光亮了。一模一樣的夜，小時候，總是這樣的夜的邊緣，今天是進城的日子。啟程，開車走好長的路。當進入大城的最外圍聚落，無數的燈正是這樣一盞一盞亮了起來。

早年記憶有這樣的特權。以整體或碎片，取代未來遭遇各段落的知覺。那時事情單純地烙印，沒有角度的調控，沒有定義的研磨，沒有意義延展與層次紛生。

無法註記，因此無法回溯，無法重新框架，像是夢領著它的國度，染上半醒的我。它們是我唯一無法創造的，是我寄放在宇宙的碎片。

我被染成我所專屬的星空。靛藍的我，走進森林，抵達大海，途中一個人都沒有，我穿行於世界的粗礪與暖濡。意義誕生前的景觀，意義滅絕後的景觀。

感覺仍編寫著，但沒有情節，我的心蕩於冰與火，眼淚由內在建制乾涸與漫漶。風拂上，啟動我後來一直記得的不均勻。

作弄我的生存狀態

倘若我能作弄我的生存狀態，則我可在和它之間的角力獲得具體位置。如此，不會再有那種令人難受的神秘。

我對抗我的生存狀態，擴充地使之臃腫，削弱地使之羸弱，令它困在它的難題，不再有餘力加諸給我。

封閉的自動過程

路筆直伸去，一模一樣的景物，加速前進，車子仍在原地。只有急切的風聲騷動著。

我真在趕路嗎？又或者我的心已不在，只餘下本能？可我無法再另外勻出注意力來釐清。倘若我其實是慣性地操作車子、我的心已鎖在別處，如此一來，另指定心思去監控眼前狀況，會破壞慣性的完整度，肇致災難。或許我該做的只是緩緩減速，靠邊停下……。

不，即使這樣仍是危險的，我不該打擾那個自動過程，假如它真如我想的封閉。

我看著自己的手，在方向盤上，我看著漂浮的雲，它們慢慢變大，變得更大，然後變小，從很遠的地方，往這裡來。然後我轉了個彎，穿入一處小徑。我停下來。長長而莫名的路，我的憂傷變得零零落落。

幼稚的叛逆

我感到我總是懷抱著一種幼稚的叛逆，為反對而反對，然而儘管如此，我的生命確實受到撕扯，會感到痛。

朝我的世界覆寫

人的認知是個門檻，彼邊是流動而無有話語的什麼。它們朝我的世界覆寫，突圍，一波波猛攻。

事情發生的時候，我有情緒，情緒張牙舞爪，但比起面對現實所必須維護的我的認知體系，情緒只是鑽不進窗戶的風。太遠的咆哮，帶來雖明確但仍微弱的震動。

小小的軌道

我該如何關閉感知，不要再獲有新內容？晨起，我整理增生的內容，將它們有效疊起。然後夜晚來臨。然後，新一個早晨，我繼續整理。

我度量我的餘裕，確認我的興趣。然後我開啟感知，濾進對的東西。我不想要很大的世界，我願意放棄我仍可能愛上的風景。我只要一個小小的軌道。每日每日，靜靜推進。

世界，一部份在面前

我曾以為我對我的工作有無竭的愛，然而，是否任何一種奉獻仍有終盡？或說，有其前提？……我曾以為可接受自己做的事不見天光，獨擁一個小星球，孤立的四季。可如今，那個純粹，不再有火。

或許，人天生需要存在的肉體性，因此，這齣不著地的勞動所意味的不人性，讓我難以人類的身分堅持下去。

又或許，人的意識以逆向來界定，無論實存或想像，都由終點反推地框架回來，由此賦予一切活與動的正當性。以死界定生，以被愛界定自我的朝向。當沒有個彼端，就無所謂回推，就無法成立此刻的我。

我總是為了內與外、此與彼，為了各種斟酌而苦惱，這是因為我不認命。我對現實仍有想法，可正確的設定，該是前往可前往的前方，不能是不合理的航線。我只能由穿過的每個波動去汲取，直到淘出寬窄剛好、方向合理的河道。

何謂認命？那並非被動的承認，而是主動的認識：警覺地認識屬於個人的航程，將資源投入有意義的爭取。

造成誘惑的未知有兩種，一種與我無關，一種與我有關，對於命的認識，就看在此一無與有關之間，如何錨定。在未錘鍊得認命點的過程中，我曾焦躁，一度以為這世界是我的親愛朋友，把擁有的往那兒遞去。我以為我從它獲得了那麼多才變成我自己。

但真相是，所謂的世界，一部份在背後、另一部份在面前。浩瀚的、吞噬性的、持續變形的，在後面。面前，則是保守而有限的場域。

橫亙日夜的無眠之夢

我能否自空無砌出什麼，而它繼續作為它，我仍是我自己？還是，任何我的舉動，必定留下不准返還的什麼？當我介入事物的生命，就改變了它們在宇宙中的存在。

再寫實的段落，是否真曾嵌在現實任何一處？宣稱取之日常，是否真能展現物與脈絡間的牽連？發明是文明的補遺活動嗎？創作會否只是凝視被遺落的暗影，像是原本真可能閱覽無遺……？

又或者，一樁人類行為，無論那看來如何親熟、無論行動者如何以第一人稱訴說熟絡，那些被做出的什麼，到底，仍不在這世界。

它們俱是自給自足的封包，只用隱喻（meta-phor）和人們的生活溝通，由此給我們希望、由此要我們死心、由此張出全景、供我們在窄仄的自我懸止（aporia）享用無盡。

每回人類行動的痕跡，都具結了一個瞬間，那是某個誰，至當刻為止的人生。他所有的故事，射出線，交會在某處，形成一件魔幻事物，說著不曾有語言可傾訴的橫亙日夜的無眠之夢。

次元穿梭級別的奧德賽

不在夢中，也不在黑洞。我在這裡，看著我的生活，耙梳著我自以為記得的事。十分之一秒，千分之一秒，最單薄的感受暴漲為恐懼或狂喜，如空氣中震盪微粒般偶然而缺乏內涵的膚觸，召喚出一個個令我窒息的長夜，接著，預告地打開我不曾妄想、此刻卻深明那非但合理且終將發生的視界(vision)。

一切發生得好快，我來不及變老。看著還等待下一秒未知的自己，這是不同維度間的時差。……那個我，正為惚恍與清明交互點亮，直覺、靈犀、默契、觸動、幻覺、夢與愛，將他送到一個關頭，他做出他未能勝任的決定。

他與我，誰朝無限打開得更多？誰搆上對方？又是誰創造了朝彼邊延伸的路？

將固著的事態，俐落洗(shuffle)開，我總覺得人類從空無之中偷走宇宙不見得允諾的力量。人們為平凡的日子砌成一隻龐然卻萎頓的昨日之獸，可只要一筆洞察，我們就切換進最初與未來。不曾開啟的情節綻放，不可自拔地入戲。像是那是真的。那是真的。

物理律則畫出真或假的疆界，無視其中糾結，我們早已飛遠。

世界轉著，自在而現成，可我無法零度地縱身其中。但任何遲疑、任何歧出的試探，已為牆垛抵住，裡邊有關於我的黑鏽色秘密。那是我可得的，那是我應得的。我得決絕前行。

不是非翻轉什麼不可，而是往回退一點、微調什麼、換種方式認識……這些微小的願望，得完成由一趟次元穿梭級別的奧德賽。

思考現場的重演

思考是個建構的過程。界定一個前提，炮製一套邏輯，圈起一筆現實的線索或材料，前往結果。那將是一個念頭、一句話、一個表情、一回行動。隨整件事打開，愈滾愈大，層次不斷上綱。

我為這份完全性氣氛激動。就著空氣，紡織靈光的行段，走進剛由我構作起的議題，要走著，直到收束論點。我愈認真，概念愈真實，現實愈空虛，像個虛假的佈景。這是我要的，夾在真與非真的臨界。

我不要現成的領悟，我要的是思考之被建構。有意象，有視覺，有聲響。斟酌字詞、拿捏節奏、權衡與說對象的距離。概念的世界。

令我不可自拔的，是帶出概念的虛構故事嗎？還是就著眼前無論真假為何之故事段落，作洞察、思索、辯證、追究……此一推進的虛構意味？又或者，兩者是同一件事的此與彼層次？

矛盾的生命衝動

為什麼渴望建構？是為了對抗死亡，還是為了創造死亡，以混入永恆？偷渡進不為時間摧折的介面，下一刻不由誰累積而來，不負有對未來的責任。每一時點俱是等價的，各有呼吸，有著容許犯錯的清新。

我感到兩股生命衝動對抵。我聽見它們，可我分不清是誰在說話，也不知道能做什麼。我曾以為我願意賭上一切，投入純然的建構，可如今我發現，隨建構的意念愈頑強，對現實的牽掛也愈深。

但無論哪一方的衝動，愈強勁，就愈令我覺得與現實脫勾，像是眼前的運轉其實支撐由一個漠然的動力系統，而我的渴望，比我更早瞭解這一點。

我想要的活著，非關前往任何一處、有任何的作為，不過是繼續前進，翻越層次，看到更多。

活著的重演

也許平移的不是時間，而是空間。也許當故事領我前進，生命不是朝向消亡、非關對源頭的探索，而是層疊身世間的穿行。也許靈魂無曾從零開始，而總是一次次的重演。如同也許，我的活著，只是一次次的重演。

像是銀河盡頭看過來，我們的所謂人生，只是倒影；一筆靈魂可映出許多倒影，散列著。

巡弋叢林的指標

生命是叢林，永遠悉窣湧動，在最靜謐與烏黑的時刻，繼續更靜謐與烏黑。

再乾淨的文明也不曾退出叢林。秩序是低往高階之抽象轉換。抽象化的現實是現實的表述，而非新的現實。活著是物事的輪流上演與重演。

人間穿行的亡者，整行列的夢境、記憶與神話，迢遞而來的話語，暗夜中寶石的光，各式的怪異與莫名。我變得平靜，將自己置進叢林深處。紛亂的生死軌跡，俱是巡弋叢林的指標。

已然結束的光景

看得到路的延伸，那裡必是可到之處嗎？我總浸染於世界已然結束的光景。全部故事都結束了，人仍活著。我們可以往這裡走，或哪都不去，就著一簇幻覺繞圈子。

我還在裡頭，安安穩穩，可此刻我感覺到離開的迫切。世界結束了，我無法令它回返。

回應著那個場景，長成特定的模樣。我的內心是個無可度測的黑盒子。它不是難以拆解的心智機械，而只是就是心靈的原始狀態——無法與現實有效配對，無所謂配合或對抗誰。

我將離開、我再回來、再離開、再回來……。每個我的決定無法說服誰。我做出不可能說服他人、無法被理解的決定；我們終接受另一心靈之無可能被穿透，一如同我們永遠可以當然地毫無興趣要穿透命運指派給自己的世界。

看電影般地重返現場

一個現場有多少東西？凍結時空，無限次返回，是否就能擁有那個當場？

我喜歡看完電影、走出戲院瞬間的恍惚。我似乎經歷了一個現場，但我其實只是觀賞，而並非參與。

現實中，人和現場的關係，是否也是這樣呢？沒有人能牽動他所在的當場，就像一個人不同次看一部電影、不同人看同一部電影，儘管每回心思、每個心思是那麼纏繞，但銀幕上一切湧動，在過去與未來，同一模樣地重複到來，我們變遷的意識，其實非關見證什麼發生的事，我們與現場之間那個命運般的親密，只是幻覺。

重回一個現場，如重看一部電影。我不能改變結局，我只是採集線索；而也如同重看一部電影，曾忽略的物事，將全新驅動我，我由此變得不同。

堅定的燈火

人們很難記得做的夢、說的謊，如同很難記得飛掠的念頭，因為它們都是不曾發生的事。

都說「記得一件事」，可真正的記得，不是那某件事真被置於哪裡。一件事之能被記得，是因為它和現實有一個以上的接點，接點愈多，愈被錨定。

一件事被記得，此與彼個邊角，在人的腦海點起一盞盞燈火。光點勾出輪廓，成為存在過的事。夢、謊言或念頭，與人之間不真有某個實在的連結，沒有刻印，也就無所謂被回溯。它們終要融回意識冥海，成為下一回的材料，又或者永不被沖上岸。

抄來一枝筆速速記下？對誰仔細說起？炮製的表述，不真是原來那件事，它們是些形貌類似的故事，但就也只是相像而已。然後人們記得了被述說的故事，說它們唯一地成立，可它們不是複製品、亦不是贗品，而是本質上無關的東西。

人只記得真正發生過的，於是我們把夢轉換成戲碼，讓謊言成為預告，要念頭發展成事件。一切必須確實上演。

透有氯之味道的藍色曳影

記憶有兩種，一是記得敘事，一是記得感覺、記得「記得的當刻」。

我總不意間就盪進某種蒸騰，某種滿載訊息的白噪音的憂鬱、某種「就在今天，有特別的事會發生」的篤定，以及對這份篤定並無信心的厭煩……。可哪一種糾結，都可被白日的光度、風的聲音、草的芬芳所召喚。原始叢結浮現，被變回某個當場。生活中，好多這樣的入口。

回溯往事，那些光影或有更切題的界定，但我讓自己從敘事線上被放逐，逡行於記憶碎片的倉庫，沒有索引，類目的配置重組又解散，每一抹觸覺與嗅覺的印象，各自對上現場、又在接上的前一刻有色暈滲入，一切晃搖、潮濕、持續流淌……。反覆操作，我所擁有的記憶為我所磨蝕。這正是我要的。敘事性記憶終要單薄，在它們消失前，浸進不同質感的空氣，如此，即使在無關的遙遠裡，也可以由紙張間隙的氣流、透有氯之味道的藍色曳影，連上舊日。

時間能有多冷酷？連點成線、連線成面，時間能破壞的不過是線與面，若能從敘事的秩序解放，沒有誰能帶走發生過的事。……我不是多愁善感的人，我認為歲月可以重來，或至少，可以重新被感受。或至少，必須可以重新被感受。

事物的鮮豔

淡漠的日常底，我偵測到駭人的滲透性，所有事物懸起、變形，一點一點改變在場的人。事物的周圍漶有鮮豔氣息，像我老陷入的某一類型夢境：一切怪到不可能是真的，我已感覺到清明，卻怎樣都醒不過來，只能看著那個世界以一場比一場更誇張的奇觀，揮霍地轉著。

收藏家與虐待狂

我對生活厭倦，一切如此可預測。找到適合的操持模式，無盡套用。人得從遭遇來獲得他作為一個人之輪廓（profile），像作實驗為了探查某物的內在結構，遂對它投擲其他物體，觀察該些物體之偏轉軌跡，整合線索，直到獲得一幅形廓。

用以探測的拋擲物，會以其精細度影響結果，人對於自身複雜的自覺，其實也是浮動的，如夢的殘痕。究竟有什麼足以定義自己？

今天在郵局遇到一個女孩，當時一份衝動湧上給我。我想將她擄來，囚著，施行試探，觀察，全部紀錄。我想像著把我和她拋入性與戲劇的情境；哄她栽入性的淋漓，令感性凌駕理性，不著痕跡地過渡進真空的實驗室環境。她或以為是尋常的交歡，卻是供我細究各種處置，對身體可做出的點燃。

計畫可以愈走愈極端，但感性畢竟是一列不穩定的高速列車，若剝除理性，玩過了火，整件事淪為天真的性事戰場，構想的理路也無論述空間。

有時我覺得我對人的興趣，起因於他們是活的，但活的東西有多深奧，就同樣有多平庸，很難從活人之中找到值得的對手。

有時我覺得不再對這運轉著的世界感興趣。會讓我著迷的是蝴蝶翅膀上的花紋，零件與標本，物質世界一切物項的浩繁組裝，我只想那樣催生一處整體、觀察其間關係。它們兜出故事，一個以死亡為起點和終點的故事，我想在裡面，真正活上一回。

生命似乎是某種無從針對地感知的東西，非關什麼形上的秘密，而只是，所謂的生命核心，無法相容於人的感官格式。物項的出生、死亡、綻放、衰敗、受傷、癒合，或與生命相關，但到底不是生命本身。

生命，在更後面，運作著催生或抗拒種種改變。我要越過一件物項，中止那漶動，無中介地，接上生命之作為自身。

自我的消亡與新生

任何小事，我都得忖度許久。我就是得想這麼久。現成的事物令我迷惘。像讀一個故事，在途中無限次分心。我無法直接收下給出的說法。已是「某個東西」的什麼，對我來說，它仍懸著，未有定論。

事物如何被銘記？以至於被轉述？它是降臨給我的某一件事？又或者是眾多項目的一個集合？可它們不都通往各自的未來嗎？即使是最小的事，於我，也是一個生命。令我著迷的不是哪件大或小事，而是它們俱是某個生命。

並非有部絞緊的機器，每零件有專屬任務，綿延地生產名之「生命」的產品。生命，不是這麼機械性、這麼方便的東西。

如果把次結構、零件、部件，與器官、細胞、基因，等各種很小與更小的單位，看成粒子那樣的東西，生命體需要的是粒子之間得互相產生關係。換句話說，對生命體而言，粒子得發生關係，讓關係的總結，來承諾生命微或巨觀的種種。

當關係被催生，粒子可以有自己的消亡與新發生。粒子在下頭進行著汰換。可那個已浮現的生命，卻若無其事地有著同一面貌。

何時收手？如何是工程的完成？生命沒有量化的指標，我們得在現場，感覺那個升起的氤氳。施與、牽動與抗拒，新的生命這樣發生。

某個事項，某個生命，不曾是一體成形的當然存在，在我眼中，未有具體形貌的什麼，蔓爬、滴點、延伸包圍，所謂的活著的動力，由內而外地滲出。

生命是野獸的凝視

要怎樣想像生命？那是由靈魂或自由意志操持的人偶？又或者，一齣總體的亙古場景？個體牽動各自的生態，卻為不可分割的夜所籠罩。不曾崩解的恐怖平衡。生命是野獸的凝視。

生命是一樁複層事件，先有一落設計稿，備齊材料，然後指令完成，抽象的編碼被具體實現。

一個形體無論看來如何渾然天成，它的每個部位、每只榫接、每落肌理，都是之於整套設計圖之此或彼頁的印證。奇異的發光，往上回溯，必定是哪一筆排列組合被謄寫或轉譯失誤。

但人們將只記得可記得的、看見可看見的。一個生命裡頭的流動，終要穿透迷霧、超越封印，直到成為世界的一部分。但無論如何，過程中一切對峙，都因無人見證而不曾存在過。

邊緣的孩子

在餐廳遇上小學的校外教學，有個男孩落單，之於旁邊鬧哄哄大群孩子，顯得那麼疏離。我看著他，想對他笑，他與我對上眼睛，眼中透著禮貌，也有信任，卻無精打采，隨即別過頭。

這時有另個男孩，好像是不同班級的，遠離他的同學，去到那張桌子，坐下。兩個原本不認識的孩子，看了看彼此，交談起來。是很簡單的話吧？但原本那男孩眼裡湧上笑意。

小時候，學校裡有和別人格格不入的孩子。他們多半安靜，要不就不說話，一說就停不下來，自顧自作著與人不同的事。他們很難被歸類，因此被遺落。

可這些孩子不會一直這樣，慢慢長大，他們學會了藏匿自己有點不太一樣這件事。這樣的小孩有個秘密能力，他們一輩子可以從人群中輕易指認誰是有著一點點傾斜的人。從和諧之中，看出誰是正常的、誰是假裝的。

我曾是這樣的孩子，直到今日，他仍住在我心裡。成長過程中，我揣摩融入的技巧，不逾越分際，不讓人尷尬，不令氣氛降溫，不讓別人停住他的事朝我關心、不混淆真誠和冒失……。對多數人似是直覺的，對我來說卻滿滿有待征服的細節，得練習好久，才能做好。

只是，到了更後來，我不再那麼硬撐要假裝正常了。一方面是瞭解就算人們知道我是哪樣的人，也不會怎樣，他們人多，穩定地走，我不小心讓場子懸著尷尬，不會危及誰。他們挑挑眉，困惑地微笑，就忘了。另一方面，如同我可看穿這樣的人之任何偽裝，亦有人可輕易看穿我。……比起不想讓人發現我的傾斜，我更不願意被發現我試圖藏匿。

我與我散落各地的同伴，我們是流亡者，沒有可以回去的地方。可我們亦無法聯合起來，在別人的地盤構作起國度，我們到底自不同的星球而來。

可是，人生中或有一個下午、一個夏天，我們遇到彼此，共度一段時光。像星星跨過時空，匯於同一平面，碰出煙花。黑夜被燒亮，可這畫面不指向宇宙中還有另一更適合的世界的盼望，而是透露了這個我們所不適應的世界，無論看來多幽閉，終是有破綻的。

我想起這樣的的意象，一個過時的遊樂園，傻氣的設施，賣店裡是不吸引人的玩偶，老舊的擴音器賣力唱著幾十年前的流行歌。這不是人們會想帶小孩來的地方，不是男孩女孩想約會的地方，它只屬於一群音頻共通的人。

那會是我們的秘密基地。人們眼中不氣派的大人小孩，去到那裡，都會發光。一個時間之外、空間之外的所在，在那裡，誰都不會被急急轉動的世界拋棄。每一個人都擁有屬於他的自在而凝止的時光。

害羞的悖論

真正害羞的人，不會被辨識他是害羞的。當害羞是對於某真實狀態被揭露的不自在，此一不自在恰恰正是某種深刻的真實狀態。

虛度的青春

相同的意象，在每個轉彎處為歲月鍍上不同顏色、注入不同內涵……。今天我去了工作上的宴會，一走進那個舊建築，我感覺到歲月被拓開，光自牆隙爬出。人們到來，話語響了開來，已不存在的時空轉動起來。

我彷彿回到中學時的禮堂。老派、煞有介事、拿捏著要正式、要有威嚴、卻不敢張揚、左右為難、最後全部放棄……那樣的氣氛。在禮堂發生的事，被硬撐出個正經樣子，可毫無實質感，卻沒人會拆穿。所有元素，共謀著延續一切。

大禮堂裡虛度的我的青春，是澀的，外面的天空很亮，可我們卻沒完沒了地被關在裡頭；可它亦是甜的，如過熟的水果，如融化地滲到包裝紙的那種便宜糖果，我們共享的不耐為彼此注入親密。我們不再同在一場場無聊的典禮，我們是同在一個時代。

彼時的我，已知道一切都將過去。知道我們將被釋放回球場，回校門旁的小食攤和電動遊樂場，我們將捱過無止盡的試卷參考書，將沒有太多不捨但依然有所不捨地，離開小鎮、離開那些宣稱看著自己長大的一干大人。

那些時刻，我並非將之看為人生長路的一個段落，而是知道那定義著一個終將關閉的年代。

我記得那個「知道」。我曾覺得那個「知道」，讓我在當時無法更沈浸青春本身，無法擁有更純粹的情緒。我分心地揣摩，要將這一切記得得更清楚。可後來我明白，亦是那份雙層的苦惱，讓我能夠永恆如新地反覆進入那些年的我的心思。

認識的浪漫

我很驚訝你不愛上圖書館。她說。

但那也只是個人習慣而已。我說。

真可惜，我喜歡愛讀書的男人。她說。

應該說，我喜歡有知識、聰明的人。她補充說。

我想辯解我愛讀書，但話出口之際卻打住了，儘管愛讀書，我無法確定我有沒有知識，更別提聰明。我想跟她說「知識」是一件很後面的事，在那之前，我們還有很多可以討論的事。她似乎在等我的回應，又也許沒有。

科幻電影中常出現大腦盡數開發、把全世界知識裝進腦中的奇異物種，我一直覺得那是個迷思。人能被做出多少開發？可以在腦中抵達如何之無限？但在這之前，是否一切得伴隨著如此之警覺：無限與虛無的釐清、無限的起點與能耐、此刻是否已具有令該種無限得以生效的脈絡？

超凡的聰明，真有人們想像的爽勁嗎？生存不是獨立的事項，再優異的配備，仍得回到協調的為難。我總覺得人與知識的關係被扭曲了。人們幻想快速攝取巨量知識，然而，那些課本上的行段，既如此現成，毫無懸念地引用，到底有何珍貴呢？

知識與認識是不同的。當人對世界的認識，提升了精細度、有獨特的洞見，現成知識反要陷他於泥沼。他將有兩種處境，一是錘鍊一套新的認識系統，另一是潛進現實混沌，由既知的概念推到他的新的認識，直到轉換進一個系統，直到扭轉典範。若一切順利，或者可造就所謂的知識、新的知識。……個人終究不能跳過典範移轉的漫長，直接加諸給世界一套全新知識。

將現成知識神格化，人們不再負有使命感，要創造新的洞察、研磨新的表述……。

若真有科幻電影中的急速演化現場，那不會是快速收成的奇觀，而是重回認識的第一線：混沌、未明，可每筆存有(being)，都湧動著被轉換成可閱知之事態的渴望。

我想跟她說，我們該聊聊認識。認識新的風景、聲響、觸感，由此提示了未知的未知。那不是一條路的更遠方，而是另一條路。

但我怎麼說得出口。儘管仍有那麼多理論還未被創建，關注此事的人們卻已厭倦。我曾那麼渴望從虛無中分離出某個發亮的什麼、感覺過開拓的激情，可如今我只需要灰色的睡眠、糊糊的夢……。

人類生活的臨界

十五年來的錄影、剪接，他收藏了大約三千個有點怪異、每段平均約持續三分鐘的模組，……他著手找尋疊印的圖層程式。疊印這種技術用在早期默片上，如今幾乎已經完全消失在職業電影和業餘錄影範疇。……他終於找到一個疊印免費軟體，可交疊至九十六個影像，也可調整每個影像的光度、飽和度、對比；這麼一來，每個影像可放大到特寫，也可以隱淡到背景深處。這軟體讓他得以完成這些很長的、催眠式的靜態畫面，畫面上的工業產品似乎被淹沒，被逐漸繁生的植物所掩埋。有時它們似乎想反抗、試著探出頭來，但總被下一波襲來的雜草和葉片重新淹沒，又湮滅在一大片植物叢林之間。同時，這些工業產品的外型逐漸風化，外露出微處理器、電池、記憶體。

他也拍攝報廢的鋼鐵廠，才一個世紀沒運作，工廠四周就包圍著濃密得嚇人的森林，工廠漸頹圮，廠房被雜草植物佔據，這些野蠻的植物在工廠遺跡間慢慢盤生，形成一個穿不透的叢林。……像模型玩具的小人迷失在一個抽象龐然的未來城市，城市本身似乎漸漸瓦解在無垠的植物世界底。他拍的人像照片則在大自然中風化、瓦解，消失為碎片，似乎象徵整個人類的消亡。他們逐漸沈淪，試著掙扎一陣，卻又被層層繁生的植物掩埋。之後，一切平靜下來，只剩下風中擺動的草。植物征服了一切。

——米榭・韋勒貝克，《誰殺了韋勒貝克》(*Map and Territory*)

通勤途中有個老廠房聚落，今天早上看時間還早，我在這個陌生的區塊下了車，溜了進去。

謹慎地，很慢很慢地走。踏入的瞬間，突然就感覺與外頭街道隔了很遠。老房子牆上渦漩模樣的色漬，渲染著某個不屬於這時代的氛圍。那個漫漶持續擴大，對著我，張開裹住。我警覺老房子動了起來，有什麼要由牆面掙脫。不確定的縫隙，像有獸要伺機竄出。或者相反，老房子想潛入縫隙，全部消失，餘下全白的地坪。我好奇又疑惑，整個聚落似乎感應我的情緒。老房子變小了，它們將一部份的自己藏進了牆上迢遞的圖樣。緊接著又變大了，它無可盡數地引接著一個個彼時的幽靈，空間的消點變成新次元的入口。我處在兩種缺乏實體感的搖晃中。

往前走，推開最近一扇門，裡頭像實驗室，一張大長桌，上頭有個裝置正運作。它像某個城市被等比例縮小。我被那個同步性嚇了一跳，我進門時，裝置上頭的小人朝我方向看來。它介於電影和模型之間，像是與某個現實中的城市處於即時(real time)的關係。

我離開那裡，轉進下個房間。同樣的景象，但換成另個城市。這回，那個水晶球模樣的模型後面有一群人，他們是真在室內，而不是桌上的裝置裡。

果然，再下一個及往後空間都是這樣。長桌，巨大的透明球體，有城市運作，一群人圍著盯著裡面。廠房間似乎互通訊息。當前往第十幾號房間時，像是有人已被通報了，有急促腳步聲衝上，喀嚓將門鎖上。

連棟建築，隨色漬蔓延的軌跡延伸，成為無止盡的所在。我快失去耐心，一扇扇門推開走進、約略端詳、然後離開。

然後，我走向再一棟建物，門被拉開，為我開門的，是我自己，或說，是長得和我一樣的人。他示意我坐在他們旁邊。看，但別出聲。沒人多瞧我一眼。那是整群和我的同事熟人長得一樣的人。

待了一陣子，盯著該個和我的城市同一模樣的城市模型，歷經幾回合那裡頭的晨昏日落。與我相同長相的那人，我們同時抬起頭，他示意我隨他到屋子最裡面。那裡有一批蒙著灰塵的影像卷宗，他不以為意地撢了撢，帶我快速瀏覽。

閱覽著，感覺平靜又騷動，其中許多段落，我且嗅得到某種苦或甜，耳際掠過那風聲，幾乎浸淫的親密感。可另一方面，該些段落拼出的故事，卻透有冷竣，那不只是我不知道的，甚至是我將永不知道的。

人類生活的臨界，被拆成兩塊落，一是實際活著的，一是投影。現實作為素材，轉換成投影。它們俱是獨立單位，切割開來，各自運作。

這個活著與投影的配組，持續複製。現實生活，及其第一筆投影，前者對後者進行比對和校準，直到投影實現。一旦自主運作，投影獲得了生命，成為現實的某個副本、備份。一旦現實超載地崩毀，將由副本接替。

沒有人會追問第一批實際活著的人事物，在投影套組被汰換後的若干歲月後是什麼樣子。當一個城市可自主轉動，它就是實際活著的。

我宣稱的我的記憶，並無對應的點，未有輪廓，可正因它們沒有具體樣子，躲過了因未相容而立刻崩解的際遇。它們滲入空氣、飽漲、復又洩氣，旅程層層轉遞。為什麼這樣？我想那並不真有「為什麼」。

那人默默又領我回到大桌，坐下來。對著大水晶球，我怔怔看著。這是文明的意志力的展現嗎？像是文明是盤旋的整團磁力，儘管它不過是人類種種精鍊概念之總和，其中包含不斷要看到更前面還有什麼、類似熱情的東西。

廠房裡的人突然起身，朝我身後走去。我轉過頭，早上一哄而散的人們，全到了這裡。這是交接的時刻。

那個和我長得同一模樣的人，他眼裡有遲疑，有同情，有堅毅，還有些別的、我辨認不出來的情緒，尖銳地閃著。看著他，我矇懂地領略那個悖論：長久以來，和我的城市相扞格的我的記憶，或者從來屬於他；可儘管飄忽，我仍被給予、被撫摸、獲得溫柔的觸覺。該些與我無關的那個人的記憶，所引致的夢想與憂愁，塑造了我這個人，我這個人的全部。

他是否知道我此刻想的？我往那裡看去，給了他承諾的微笑。我轉身就跑。如鏡子對映般無限增生的迴廊，幻變的色漬流動著，撲向我。我拼命跑。出了那個聚落。有個世界在我身後收束。我沒回頭。跳上被丟在人行道的誰的單車，等不及上路。我的城市，新的一天，永恆的一天。

壅塞的馬路，我閉上眼睛，我展開雙臂，陽光豔好，打在身上。我朝哪裡，用力前去。活在我創造的虛構裡。

光影永是逃逸的

翻著老照片，奇怪的眷戀。生活中，人們拿起相機，虔誠或任性地，拍下相片。這相片，之於他們所在場的整段現實，有怎樣的關係？

連續的生命之流，我抄起相機、對焦、按下快門，幾分之幾秒、數分鐘數小時，無論長短，它們未被算進我的生命裡。

透過觀景窗，後設於瞄準的景，後設了時間。我從時間退出，明明在此刻捕捉的景象，被歸給上一秒；明明此個存在所浸潤的光，我說它服務給景框外的世界，連上生命的悠長。看著相片，我還能自以為記得什麼？光影永是逃逸的，不曾有一回拍攝能捉住當場。

我看了又看，閉上眼睛，召喚腦中的殘影。然後，我真的看見了，記得了，舊與新的故事連了起來。

捧著一張已然陌生的相片，貼得太近，跌進裡面。我曾將那相片看為生命萬千表述其一。但此刻，凝視著那個瞬間，我將它還原成其所作為之某個現前（presence）。……原本遺佚的殘影，成為生命本身。

影像的欺瞞

站在窗前，看著大樓前廣場上的人，他們總是走著就走出了窗框。他們是走進我看不到的地方，延伸著上一刻的種種嗎？還是走出了框，就等於是消失了？

在這個我的時代，人們著魔於影像，比起事情是什麼，我們更關心看到什麼。可我們如何看到活著的成立與消逝？若有幅人生的光景，那會否並非某個早前或未來光景的擷取，亦非鏡面對倒。此些我所歷經的場面，被萃取出的表象，如裝置吐出的一張相片、一段影像，由此斬斷與原脈絡的牽連，投射地打開一場人間戲。

現實中，我的眼睛連動地調整，獲得的影像難以錨定。可如同相機成像創造一個孤立劇場，我依賴影像以間隔於現實。若可以造出一個空間，盛裝過去與未來，則我的凝視，會不會是完結場域底被另外設好的情節？

用影像取代現實，我的所見，透著似真還假的懸浮感。少了一個維度，不再有立體的情節，一切可輕易對準。像是標本。

倒轉之地

闔上書，說不出是孤單，還是清新。都說每本書就是個獨立宇宙，讓人一次性地，從這邊去到那邊。但也許，那個意思其實是，乍看封閉的時空，仍無處不有縫隙，而我們以為的遠征，其實是迴繞的泅泳？

久遠的書，仍顯得新，顯得純真。當它們與時代格格不入，並非跑在時間的前頭，而是在時間的外頭。這些書發動的時空，成為不被磨損的謎。每本書，每個倒轉之地。由這裡，前往任何一刻的最內部。

「我記得……」的虛張聲勢

我喜歡過的，只有重病之人的胡言亂語、失眠的咀嚼、無可救藥的驚悸、一略而過的閃電、滿佈嘆息的千種懷疑。一個理念包含的幽明總和，才是其深刻程度的唯一指標。你過往的夜色藏有多少個輾轉不眠？……或許這才是我們應該向一切思想者提出的第一個問題。……一場消化不良，比起一幫招搖過市的概念來說，難道不更有思想嗎？器官的紊亂決定了精神的繁殖力，一個不能感覺自己軀體的人，永遠也無法想出活的思想……。

——艾米甯·蕭沆，《解體概要》(*A Short History of Decay*)

在塵封的櫃子發現一疊F的來信，那時我們分在兩地，只以信件聯繫。她信裡盡可能詳細地說著她的生活點滴，我到現在仍感覺得到那時感覺到的，她是那麼努力要讓我參與她的生活。

但不同於她，由她的信回推，我的信似乎只關於我倆還同在一個城市時的回憶，像是當她離開，就不被允許參與我仍流動的時間。

F抱怨了許多次，說想與我繼續往前走。但我不懂，重新建構記憶，何以就不是往前走？也許我辯解了，也許我沒有。「空洞的『記得』，讓我覺得虛假，什麼也沒有。」她說。這是F的最後一封信。

究竟我在信上述說了怎樣的記得？我都記得了什麼？人，和記憶、經驗、夢的關係是什麼呢？人是中介於各種的遭逢及其意味之間嗎？唯經由他人，一切才得以成立？還是說，人是零度的載體，任事物發生、降落，再追究由理解所獲得的捺印？

又或者，這是個追逐與逃脫，著床又脫落的過程？白紙被寫上第一落行段，長成下個行段的背景。每一回心動，套疊地長出劇中劇。意念自行組裝，自動上演。

會否每個上一幕只是下一幕的舞台，情節的展延，將離開此一介面，丟下觀眾，朝時間盡處去？……妳說我的回溯讓妳感覺虛假，但怎樣才是具有厚度的存在？怎樣算得上真的？當我們曾在場，事情發生過，臉面與表情不就總是可以無限延續，永遠地保證真實嗎？

讀一本書，入戲了，降臨給人物的，就是我的遭遇。當我說「我記得……」，妳就存在於我的記得。我開始說，繼續說，一直說下去。一千零一夜說著，唱著。因為我記得。我開始記得了。

話語足以掏空現實，實現虛幻。當我宣稱記得，由此啟動場景，我們會被移進全新情境。

若妳允許，我將說得更多。緩緩駛動的列車，逐漸加速，愈來愈通暢。直到妳也記起了。爬上穩定的高速，親密行進，妳，與我，與我們記得的，所有的生命重疊著。

妳不知道的是，當提筆寫下第一個「我記得……」，我還記得的很少，甚至還不記得。我將思緒溯往某處，不確定那裡有什麼，但感覺到重量，感覺到傾斜。我逕自以為前提，搜尋著。

在我的肯認記得之前，我們的世界只是個無人稱的自足機制。若非由此起頭，不曾有故事發生，無所謂真假。儘管，終究，能被記得的，只是那個當刻，只是那些自以為非如何不可之扭曲與創造。

此刻，我仍說著，寫著，但妳的臉容變得很淡很淡。

記憶的虛張聲勢。回溯地記得，創造地記得，線索自動增生，一場與另一場活著，接續上演。它們一度與我無關，如同這一刻，世界幾乎整個與我無關。我通過情感操作，遠或近、假或真，終究將它們轉換地配置進這個線性的因果旅程。

真正的記得，由現在開始。就在此刻，我的心動。

飛向更深的傾心

「法蘭西斯・彭日（Francis Ponge）的詩作，對不起眼的物品、最日常的行動重新加以思索，放棄所有的感知慣例、不用陳腔濫調的文字機制去描述，……為了就物論物，重新建立與事物的關係，包括事物之間的差別，以及一切事物與我們之間的差別。突然間，我們會發現，存在可以是較為緊湊、有趣與誠摯的經驗，而不是感官已無動於衷的例行公事。……彭日將文字送出去，這些文字像是觸角，延伸到世界多孔與形形色色的物質之上。」

——伊塔羅・卡爾維諾，《為什麼讀經典》(*Why Read the Classics?*)

美是一件單純的事，比如花的含苞、花的綻放，直接地抓住我們。人的愛、人的激情與熱烈、人對永恆的敏感度……。人們為事物心動，追尋著某種方式，將那保存下來。我們遭遇美麗，由此雕塑自己，成為某一個人。美確實有這樣簡單的面向。但除此之外，美仍是些別的，是源頭。它難付諸話語，不可能量化，卻足以蒙覆地作為唯一現實。對美的著魔，構成一個人的四面牆，囚禁他。

流連於美麗的叢結……，當美所打動，所有介面打開，無窮湧出的高亢。關於那尚未存在的崇美(sublime)……，無論幻覺或遠征，美從不是討喜的「好」，它是決絕而暴力的「對」。

我無可辯解。愛美的我，整個人生，是某更大什麼的暫時棲息之所。……無視於抗議，從活與死的身體穿過，那個它，某個它，飛向它更大的計畫、更深的傾心。

植入意念

週末晚上，哪兒也沒想去。賴在沙發，一瓶啤酒，一包洋芋片，看著電視。電視上是某個新興產業的專題訪談，開場後主持人就不太插得上話，那個公司負責人解釋著他們的業務與操作。沒有開場，也無客套，一啟動，全盤打開。

看著，覺得更像某新思維型態的推廣，有古怪的冷調。原本輕鬆的夜晚，緊張了起來。

「……我們事務所成立並不太久，已有相當口碑。我們公司做的，簡單說，就是解決問題。並非當問題發生後、去把洞補起來那種傳統方式，而是就業主所提出的問題作結構性的分析，接著回退去改變該問題的形構，跳脫原瓶頸，讓問題無從成立。」

「這不是科幻小說，我們不是搭乘時光機去扭轉事件，說『往回』，指的是概念上回推一個層級。……這個技術從附屬於大企業，到獨立品牌，到小型個人工作室，已經成為一個產業，近年來相當活絡。」

「比起同業，同樣解決問題，我們更重視對問題的分析，甚至可能因此沒那麼照顧到『解決』的初衷。若有時效壓力，我們不一定會是適合你託付的人選；但論及我們專擅的服務，我可以自信說，在本城，還沒有稱得上是對手的。」

「會求助於專業者，一開始為了要終結麻煩事，但當委託契約確立、進入對情勢的分析，有些業主會轉而著迷於我們揭開的事態。一種對『知』的本能熱情吧！」

「苦惱的事，人們總想過又想，委託者總會自以為手上已有全部材料，但在專業的引導下，除破解原先盲點，更重要的是，來回研磨後，會湧現大量新訊息；原本模糊的，變成全系列辯證項目。像喚醒沈睡的獸，激發更多牽動，本以為不相關的層面也被含括進來。」

「原本人們是為了關心自己的事，可後來，對事件的追究，成為可推進的旅程，人們開始被事件的萬花筒景觀所吸引。」

「您的意思是，這是一個新世紀的來臨？」主持人提問。我在電視機前倒吸一口氣，嚇了一跳，完全忘了在場的，還有該負責人與我之外的第三人。

那公司負責人沒一絲表情，接著主持人的話，以完全相同語調說，「不，我沒預測到會切割出全新市場。理論性分析本就有助於解決問題，我也很驚訝後來大家對理論展延的興趣，凌駕了個人遭遇本身。」

「咦……。」主持人說。

「是的，我們觀察到，愈來愈多業主關心過程多過於結果。現在要談的是我們服務中最核心項目：在他人心中植入意念（inception）。」該公司負責人繼續說道。

「『植入意念』是我們這行需動用較高階技術的部分，通常是委託者遇到難以說服的對象，兩造對峙、空轉，無法解開僵局。這時會找上像我們這樣的事務所。」

「一般處理事件的業務，我們重新分析情況，找出原被忽略的元素、或將既有元素另外組裝為同樣合理的因果圖式，得出另一、或一個以上，關於該事的結論。『植入意念』業務也由相同道理，即返回人的認知歷程，處理觀念。」

「由於目前相關法令對這個產業仍限制為一次性處理，關於回溯、干預概念，加諸事件是合法的，針對人就有爭議。輿論對我們這行並不友善，我想藉這個機會，再說明一下這個『植入意念』技術……。」

「好有未來世界的感覺啊！」主持人好不容易打斷了負責人的話，想讓氣氛輕鬆點。

他以活潑的語調大呼，可現場的嚴肅已無可能破解，主持人的話語硬生生斷裂，那乾澀感染了電視機前的我。

負責人像什麼也沒聽見，銜上空隙，接著說，「關於意念的植入可分成幾個階段：首先，遭遇事件。事件啟動故事起點，將對象引入新故事。接著，在新故事中置入怪事，讓對象起疑，促使他上路，尋找解答。最後，確保對象親自找到答案。」

「人們很容易被鐘面時間的圖式給誤導。發生在下午五點、下午七點和下午九點的你的三個故事，不見得為一條線所貫穿，三個故事可分屬於三種以上的不同圖式。若沒將這一點作為基本信念，處在的意識狀態其實是脆弱的，也就是說，這些人屬於容易被植入意念的對象。」

「是否更具體一些說明呢？這是晚間的節目呢，觀眾們的腦袋畢竟累了一天，有點神智不清啦……。」主持人再次試著讓氣氛高昂。

該負責人停了數秒，「你說得對，我該就每個階段來討論。」他說。

「植入意念的第一步，是將對象偷渡入新故事。實務上，就是加諸事件，該事件略溢出日常，但仍是熟悉的情境。有點像我們過著重複的生活，但每天仍有或大或小可稱之『事件』的遭遇。必須注意的是，此階段的事件層級不能比日常高出太多。」

「什麼是事件層級的高低？例如，每天搭某班火車上班，今早在車上遇到舊情人。在此，『遇到舊情人』的層級是很低的，你是在常態中遇到此一事件的。但假如情況是，忘記設定鬧鐘→晚起床→只好搭晚兩班車→車上遇到舊情人。這裡，事件的層級就會拉高。」

「而假如情況是，半夜接到簡訊通知公司要消毒明天全體員工放假→睡到自然醒→悠閒出門吃早午餐→遇到舊情人。如此，事件層級變得很高。」

「事件層級愈低，我們的警覺心愈小，該事件愈難獲得意義，暈出的漣漪也愈淡；事件層級提高，干擾愈強烈；高到一個程度，甚至可以打開新常態。通常人們口中事件的大或小，極少指『規模』，而是關於『層級』。本質上迥異的兩者，對人造成的影響有懸殊的差異。」

「在這階段，負責植入的團隊要布置一個事件，但這事件，得小到不令對象起疑，又要大到足以打斷他原來生活，進入新故事。只要讓對象未警覺地進入新故事，計畫就成功了一半！」

「第二階段，是新故事中的怪事：在前階段，我們讓對象於日常中有所遭逢，但該事件並不驚動他，將他偷渡進新故事。這階段的任務是誘迫對象浮現特定疑問。」

「兩階段故事之不同展開在於，在第一階段，主角是滑進指定軌道，他無警覺地進到深處。以為只是遇到了一般情況，他可以掌握。該階段的起點與終點差別在於，隨新故事的展開、對象愈走愈進去，他把唯一的時間和注意力，更深地捲入一個故事、脫落於原來故事。」

「換句話說，在新故事的起點，人橫跨在兩故事之間，他仍能選擇這或那個故事。可當進入故事，逐漸深入，將很難退出。最終，他甚至不確定曾有過別的選項；身處的這個故事成為全部的現實。」

該公司負責人看向主持人，像要確認他是否跟上，「現在，你已經無法退出這個新故事了，不過，你還是可以停在原地。那麼，該怎樣才能誘你主動跨過門檻，踏上陌生的土地呢？在舊故事中，人隨熟悉日常流去，但在陌生的新故事裡，得有誘因來驅動下一段旅程。」

「在第二階段，執行團隊要設計一件怪事，讓對象有所困惑、愈來愈在意，終而起身、親自追尋解答。」

「相較於第一階段的經營一段無破綻的日子，置入的怪事則必須在瞬間剝除對象的主體性，他們像溺水的人抓住浮木，將心思全託付在這特定事項。」

「這是相當關鍵的一刻。必須拿捏得很準確。我們無法把人腦打開、填充意念，只能誘他追問特定問題，欲植入之意念，被設為該問題之解答。當他自以為找到答案，也就是意念成功植入。」

「這轉折的重點在於，機制是居中的、機制無法自行變出一個新世界，必須引導人自主踏上新路途，如此才會有來自他自身的驅力，開啟接下去的旅程，而在用我們這一行的話來說，即是重設一個人看待事物的後設(meta)框架，他將全新界定往後的歷經。」

主持人表情愈來愈僵硬，負責人將眼神調回，對上攝影機，

「第三階段，引導對象找到被預設的答案。團隊已讓對象脫落於原先故事、來到新故事，現在，是要讓對象在新故事中獲得懸念，敦促他解決問題。」

「在這最後階段，對象跋涉地找到答案。歷經了界定提問、規劃旅程、落定解答，三個被設定好的步驟，他很難不認為他是自主意志完成這個過程的。對他而言，這是他的價值轉換時刻：他的決定、他的行旅、他摸索學會的事，成為了他的真理！」

「這之中培養出的主體意識，且會讓他將認真對待每一筆遭遇的內涵，不只是將之看為無含意的背景。」

這時，負責人浮起微妙的表情，在幾分之幾秒裡，似乎斟酌著某描述、又決定

放棄，沿用起頭最直覺的說法，「事情到這裡為止。將預設意念植入，任務完成。」他說。

主持人楞了一下，像是他好不容易進入概念繁衍的場域，那卻無預警結束了。但主持人很快做出反應，「太棒了！今天我們太榮幸請到這樣一位先驅產業的主事者來跟我們分享。電視機前的觀眾啊，以後想改變誰的心意，你就知道要上哪找尋協助了。呵呵，好的，今天節目就到這裡，再次謝謝這位……。」

似是時間沒抓準、節目被廣告橫生切斷？或是我閃了神？回想那公司負責人的臉容，一點沒有頭緒。只有那個概念體系的景觀，朝剩下的夜，霍霍前進而來。

既視感（déjà vu）的錯亂

去哪裡，看到什麼，我總感覺這些事都發生過，一次次相同模樣地發生。……既視感（déjà vu）的錯亂，持續堆疊。

有種看事情的方式是這樣的：事態須由自身來理解，而非自外部解釋。由此，事態的界定不可免要為虛無所侵蝕。這種虛無指的是個體所處在增損之流動。人的行動構成現實，人活著過程的必然變動，造成了「我」的遷變。

反向地看，現實的總體性意義，填充了我，當現實顛簸，我也獲得新的配置。

事態不再被裝進預設的時序軌道，是以，人的歷經不再累積往特定終點以兌現意義。我只擁有腳下這一步。唯有深究當場，使作為依據，由此解釋現實。

每樁事態，新或舊，那個存在都是壯觀的。可厚度非繼承由歷史，而是當場可做出的拓開。我的面前，時間中的孤島，由我定義。

比哀傷更多的是……

好久沒能想念妳。單純、單向的思念，而非無盡的意義淘洗。

最艱難的時刻，我仍無法停止創造意義。再深的入戲，我仍無法擺脫清明。人竟擁有如此的結構性，永無法委身給情緒，為喜悲所撼動。

痛的時候，我仍釀造意義。潛入我屬於或不屬於的現場，染上傷懷。但我總又越過情感稜線，一行一行演算著。

妳離開了。我想為妳寫下什麼，可那些終究不關於哀傷，而是關於失語。消失的人無所謂語言，被留下的人，卻被語言的還一本正經、被意義的活躍，給徹底地傷了心。……關於哀傷，我為何與如何，可以說得更多？

死只是確實的淡出

今天，意外聽聞了W去世的消息。W是中學時一起打球的朋友，除了桌球，我對他一無所知，我甚至不記得他在球桌彼端之外的樣子。

畢業後我們沒有聯絡，我仍斷斷續續打著球。我想起過他嗎？或許沒有。或許因為沒有人問過我關於桌球或那些年的什麼。當沒有個理由走上一個後設位置，去回憶、去省思，所有事物就雜混地封凍。

知道他的死，我才第一次想起、因此第一次理解，他是會死的，那段日子是會過去的。是啊，那些種種已然死去。

概念上，我信任死亡，我以為唯有凍結時空，才來得及轉換出另一張軸線，在那裡醞釀意義。死亡是深刻的起始。但原來，肉體或歲月的結束，也可能是無意義的壓倒性勝出，缺乏高明的隱喻。我認清曾活著，然後繼續活著。

曾活著的你，死去了。那並非與什麼的對壘，非關遺失任何可被延展的情節，你僅僅是不再疲憊，不再微笑。你閉上眼睛，不再醒來。我們的日子，在這裡，終於結束。

曾那麼豐盛的活著，之於這簡陋的無意義，多麼失衡。但我接受，儘管還對抗著。我對抗著，但到底是接受了。

多核心系統

總是事情發生了，我才發現自己沒準備好。沒準備好面對新事物入侵，但生活要能如常運作。

面對生活，我感到兩難，想獵捕一切對上眼的，但騷動了，又要退縮。想要的時候，那麼想要，不想要的時候，絕對地不想要。沒有灰階，不容分說。

門關上的時候，門關上了，我已來不及部署與調度。大水非由外頭淹進，而是在裡頭湧出，像房裡藏著另外次元的轉掣，旋著，不知名的潮湧打開，一個個房間坍塌。對日常秩序的講究和警覺，好像怎樣也無法足夠……。

我曾攀上冷靜的所在，契作無色無味的規劃；我為偶發和未知留下比合理更多的空隙，熱脹冷縮，無從危害。我建構嵌套的秩序，由結構的巧妙，令事項榫接，永續的設計。但當事情發生，那都遠遠不夠。秩序運作著，但涵蓋不了變大的世界。

我需要多核心系統，當新事態瓦解了我，我可以啟動其他核心維持運作。

頑固的二元主義者

「我想問你一件事。」多崎作說。

「什麼事？」

「各種宗教中預言者多半的情況，都是在深深地恍惚中接受絕對者的訊息。」

「沒錯。」

「那是在超越自由意志的地方所進行的事情嗎？始終是被動的。」

「沒錯。」

「而那訊息則超越預言者個人的框架，發揮廣泛而普遍的機能。」

「沒錯。」

「這裡既沒有二律背反性，也沒有非根本的次要性。」

灰田默默點頭。

「我不太明白。如果是這樣的話，那麼所謂人的自由意志，到底有多少價值呢？」作說。

——村上春樹，《沒有色彩的多崎作和他的巡禮之年》
(*Colorless Tsukuru Tazaki and His Years of Pilgrimage*)

我對「自由意志」的辯論一點興趣也沒有，那從不是個獨立的問題，而只能在給定脈絡底被討論。人的自由意志得跟著框架，框架內不同選項的挑選，或不同局部的策劃。沒有框架，會連上虛無；無所謂自由，不再需要意志。

然而，自由意志推到最大，仍可以抵著框架，參與框架的演化。我迷惑於新到來事項之指向性，但此一漂浮感，不過意味著自某框架溢出。

貫穿互不相容事態，讓所有世界都能成立，我相信這樣的柔軟。我相信關於多層視界的建構。

我總是對於頑固的二元主義者抱持警覺，他們亦會發表反二元的論述，可那仍是在二元的前提之上。愈頑固的二元主義者，愈為二元反悖所吸引。他們具結的悖論，表面上是真誠的困惑，可仍透露出那麼一點要把人家吸進「框架很邪惡唷」之觀點的誘導。

然而，我仍迷戀自那裡而來的某種迷魅，正因為這些人纖細地警覺那種二元性，由此勾勒了人之卡在兩者之間的景觀。

沒有閃爍與灰階的裸身之人

無論如何，我將做出選擇，在一個點上，選a，或b。二選一，全有或全無。沒有僥倖，沒有閃爍與灰階。

撐到最後一刻，萬般不願、萬般恐懼。準備好了可能的懊悔。下好離手。為了某個原因，某個對宇宙而言絕無差別的原因，事情不可逆地落定。我將帶著那個無洗刷也無救贖的罪愆上路。

人們把選擇說得容易，像是將被做出的選擇，真有那麼就在那裡、等你走過去。並非如此！做想做的事、做當然的事，非關選擇的辯證性意涵。為了欲投向的，放手所愛，甚至朝錯與惡冒險，才稱得上選擇。

夢的原型

一個場景：有個陌生男子擅闖女子家，躲進衣櫥，女子發現了，將他揪出。兩人過了愉快的一夜。後來，男子登門拜訪，女子開門，雀躍也懊惱的跟男子說，「你終於來了。我今天回家時還到衣櫥找你呢！」

噯，這正是夢的原型哪。夢不是走樓梯敲門進來的，夢是突然冒出來的。關於一個浮現而後又消逝的夢，我盯著那個不同維度空間的間錯的入口，等它再次浮現。

消化集體憂鬱

深夜，人們仍守著廣場上架起的銀幕。一場賽事轉播，全部的人支持同一邊。那不是他們的輸贏，是我們的。「歷史性的一刻」，我們說。比賽來到最後幾局，又幾局，延長，再延長。

夜太深了。街道清空，百貨公司鐵門拉下了。人群從不可見的角落浮出，愈來愈多，聚成火球，沸騰著。盯著銀幕，幾度假警報的歡呼，又歸於憂鬱的沉默。全部人吞下了話語。

然後，在一個點上，幾乎平淡地，比賽結束。

以為將有燒成遍野的怒嚎，誰跺著腳，人們流連地攀談，抱怨，取暖。然後，慢慢地，一個光點、一個光點地，逐漸熄滅。我以為會這樣。但情況卻非如此。就在一瞬間，像塵沙，風起的幾秒，人們失去了表情與語言。流沙般，無存在感地，從地平線消失。

我搭上公車，周末前的夜，街安靜得悚然，游著一尾載滿人的大魚。消失的人都在上頭。如此擁擠。沈默底，漶著低頻，像在消化什麼。

無盡的夢

我不確定我是在夜的中間醒來，還是在夢的中間醒來。我感覺到臨界的切換，從哪裡來，將往哪裡去，沒有線索，只知道一切都還沒結束。

無盡的夢生成由生活的圈限。能量被制迫，醞釀更大的野心。

悖論空間

我是如此在意我的藏書，沈浸在它們帶來的空氣，它們俱擁著各自的時空，為了突破那些邊界，我讓出了我的生活。

我將我的書房看為裝載無數國度的獨立島嶼，養著它，醞釀一套制高的時間。一幢網格，穿入，引出，發動奇襲，足以配置各時區的某個時間。

此刻，這裡，書房密謀著行動，不甘的、追討的反響……。收藏心思的這個當場，長成一處悖論空間。書與書之間，諸命題抵觸，在現實晃動間搆上彼此。新的完全性理論到來之前，景觀跳換著，構築著一層，再一層。物事竄動，將成為它們不曾是的一切。

將悖論的反差指出，提示了黑洞。……悖論是最低限的迷宮，提示又封閉了出口。回到原點，變成自己。我自身的完整性，實現為這書房的馴服。

場所精神(Genius Loci)

我喜歡假日到公司加班，一個人的辦公室，甚至，一個人的大樓。這樣的時候，我感覺自己和這地方有了默契的流動。

當所有人撤出，場所消化著在裡頭發生的事，有什麼一點一點長出來、空間為記憶所密佈，讓我感覺到陪伴。

空間叨絮不休。人們來的時候它說著，沒人的時候，它仍說著。無聲的翻騰，再回到靜默。說出的話，發生的事，第一人稱的記憶。……人們進出一地，關心著自己的事，空間則記得全部。

一個人在這裡，像傾聽老朋友一切挫敗與幸福，再將之組裝成不曾成形的故事。像收下一份禮物，記憶填充前來，無法返還。一個地點，成為一處命運現場。

我佩服地看著。空蕩的辦公室是揭封的盒子，湧動的種種，對抗著更大的什麼，成為不可收拾的妄想。

就在這裡，記憶自我編織，渴望轉換出獨立的生命。每一落意念都自認被低估、被辜負，想成為更完整的自己。進入一個空的空間，我以為窺見了這個過程，但或許我是被植入還沒完成的故事。

城市作為加總的結果

我的城市並非一直是現在的模樣，它曾隨時日有變化：流入、流出，有逝去，有累積與新生。可某一天起，它不再動了，像長生不老的古老妄想。

城裡的人年華老去，遷往不同職位，換了公司，與家庭成員進入新生命階段，媒體出現新面孔，城市有新的法令，誰發動希罕的抗爭，全新功能的產品一波波上市。

可城市不老，日日同樣清爽，沒有剩餘，沒有積累，像是在那裡發生的一個個事件，只是不同部位的互換，疊不出紋路。

當人衰老，他的城市卻永保青春，像是所有運轉與誰都無關。那麼，會否在某一天，我要發現自己的位置被另外填入，我被拋棄？

……我感到不安。城裡的我的人們，共享的掛念終為空無吞噬。城市裡每個元素被精細計算，總和是相同的；新的非誕生由舊的，舊的不再醞釀什麼，當消耗完畢，後頭是徹底的消失。

另一個體系曾經來過

自什麼時候起，這城市變得那麼可預期？事件竄動著，卻一概無害。從時空縫隙新鑽出的事物，不是必定要帶來些恐慌嗎？

這城市像反光材質的小紙團，殘影纏著，困在自我之中，新事件造成的崎嶇，敘寫由同一張紙應允的邏輯。無論多新，都有量產式的同質性。

我收集碎片，試著找出模式；找到一個模式，再往上一層。謹慎地，層層攀升，不驚動我那傲慢又膚淺的城市。我想找到平行的另一座城，那裡有一切我不曾遭遇卻懂得的。人們的心敞著，或有不安，卻有真正的浸潤，像真的活著。

恍惚間，我明白了這些碎片俱是起點，它們證明了另個體系曾來過，還在這裡。

我審查我說出的話

我審查自己的話，有時我說出我不認同的話，有時我說出我不懂的話。話語既由我說出，它們就是我說的，我由此連上未被辨識與辯證的處在。

我聽著我說的話，然後我聽見。攀著話語的繩，到上游。然後我看見。

有些話走得比我快，我得追上它，下次聽見，我不再驚訝。有些話走得比我慢，我拉它一把，下次我會說得更準確。有些話走錯了路，我回到源頭，改變水流，不再說錯，不再遺憾，不再羞恥。

歡迎的一地

出差途中。一處異地。那天，公事結束，我找尋T街，可地圖指示錯了。明明只在附近，可問了路邊的店家、剛下課的學生，若非不曾聽聞，就是各自指出全然無關的方向。

選個方向走，爬上45度陡坡，然後往下，然後往上。深入那裡，愈來愈內向。那不是景點，不開放給外人。

其實，我並非真要去到T街上的哪裡，不過是在雜誌讀到一家店，有些好奇，也許該在初幾次尋覓失敗就放棄。

天色漸晚，完全入夜。我爬坡，下坡，再爬坡，再下坡。累到說不出話，仍無法停下腳步。意志力還高漲，可那是關於什麼的意志力？倘若我並不在乎我宣稱正找尋的某個地方。

我想起無數這樣的畫面，有時是我一人，有時還有拖著腳步追在後頭的沈默的旅伴，畫面同一模樣：天色已晚，愈來愈冷，路上的人，愈來愈少，景物失去了表情，無論要找的是什麼，都不值得這工夫。我像是闖進了我未受歡迎的一地。

感覺對自己的不耐煩，感覺幾乎倒下的疲憊，我一心想著，想去看看，那裡是如何模樣。未曾有一次，終點真等著什麼夠份量的景觀。可我不曾失望。啊原來，是這個樣子的。我總是想。

在這之間是否有什麼發生給我？越過臨界，空間捲成獨立敘事，像生命中那些扼住人卻無定性也無形的什麼，被轉換成實體。

該段落是懸止的，地圖上沒有指向。要不就突然抵達，要不就徹底卡住，這個夜這麼消失，像不曾開始。沒損失任何東西。我畢竟無法損失我不曾擁有的。

旅行與身體

我曾認為旅行之所以對我來說有其艱難，在於我總要花很長時間才能適應新環境，但現在我有另種理解方式：也許比起性格上的慢熱，更關鍵的在於旅行挑戰了思維與身體的一致性。……旅行是一件身體的事，帶給身體更為直接與巨量的衝擊，遠多於對思維的牽動。

回想那些沈澱為某種暗影的旅行經驗，無一不關於身體的緊張，比如用全身抵住才能推開的沈厚的門，防火防寒雙層門之間的幽閉；比如市區邊緣驟轉為空曠的悚然、不同文化的對於距離之斟酌、一個城市的陌生尺度、目的地不明導致的無限交錯甬道；比如食物的口味，比如太乾太濕太熱太冷風太大日照與空氣的不同……。

急著對新事物辨認意義、進入情節，可我其實窘迫於適應不良的身體。我只剩下微量的能循舊秩序運作的自己，卻妄想做同等份量的思考。於是來到一個棘手的循環：

無竭地將身體磨合進新環境，變得更敏感，被更劇烈地觸動，旅途湧現的意義遽增，見獵心喜地耽於思維運動，加諸給身體更多負擔……。

我總是這樣彆扭。像身上長著犄角，對峙環境，中間橫有無解的凝重。我幻想藏身如野獸的無盡毛髮，不被看見，不被發現。

身體似有一套自足的認知系統，有其意志、慾望、喜惡與直覺，如同思維精明地鑽入生活的敘事，身體也偵測著它與環境一切環節的關係，直到取得平衡。思維快而靈活，身體慢而固執。思維易被搖撼、被滲透，但因其流動性，記憶可由意義的競逐被重寫。身體後知後覺，可一旦有觸動寫入，就難以更改。

踏上旅程，就是處進一趟演化，是不斷輸入與輸出的反饋賽局。怎樣才是對的旅行？怎樣穿上場所的心跳、穿上所有人的所有故事，卻不要有身體的緊張？

旅行怎麼變得這麼困難？也許因為我總把脆弱的感觸，放任給現實碾軋，研磨胡椒粒一樣，直到成為很細很細的粉。我耽於那種浪漫。

……如果我真像自己宣稱的那麼希望有個愉快的旅行，或許我該把這種自虐浪漫，轉換為某種侵略性。換句話說，在旅行時，不該再沈迷讓自身作為一個意義載體，而是一件武器。不再聽任故事湧上，而要從無到有地去創造、即使是一段小小的情節都好。

一個洞見是一幢帝國的起點

常常，讀完一本小說，我立刻忘了全部的情節，留下來的，只有書中某個洞見。某個眼神，穿透地抵達一處，那裡提示了該個世界各種可能的輪廓。

每個洞見，都是一幢帝國的起點。未能讀取那個洞見，錯過的不是某齣煙火，而是一整套不同的文明。那裡有特定的對宇宙的描述，對光色的丈量。不同的數學，不同的人類不同地期待自身和世界。

當人們說，我們的世界只是非常偶然的一個，它說的是這樣的意象：生命的意醞之於感觸的榫合，而後生產意義，像晶體與晶體之以尖角相貼著、各有自己的纏繞，交相繞出的渦漩，可被看為一個世界之處在的籠罩。

之於現實，一個洞見投出全幅普世性蜃影，裡邊有一套不見得更華麗卻同樣鄭重的秩序。一旦那個洞見撥觸了人們的心弦，它醞釀的帝國，將擁住人們的全部知覺。

人或許需要某個體系真被履踐、應允一套方式，我們的理性才能承認活在其中的這或那個感覺。然而，一個洞見推衍打開，在那裡，人的心靈穿行於未寫出的邏輯，偵測它、連上它、全部接受。為尚未存在的文明所撫觸。

它融混於空氣，在詩與夢之間，話語與表情搆不到的默契底，在眼神，在餘光，介於錯覺、幻覺與直覺的恍惚……。

可一套體系的成立必須有邊界，方可疊加進展；於是，當它是這套體系，就不是別套體系，就不能包含無法為此套體系所論述與預測的。是以，我所依據的此一文明帝國，永難配備有完備性秩序。可儘管如此，我感覺到的恍惚，仍結實而未有一絲消散。

任何規格的迷路

時間晚了，總想拖延得更晚，我喜愛在黯淡的街巷漫步。白天的城市，物事被一項一項指出；入了夜，原串連的勢力將被截斷，物事成為某種殘剩，它們承載著時間的洶湧而上、又不負責任地離開，在夜晚，世界被孤立為一座廢墟，一個被進進出出的人生，有蹂躪的氣味。

總只有在這時刻，才能逃脫生活的勢利。任何規模的遭遇，都在我心上寫下刻痕。我以為時間要停住了，水流將大幅改變；可無論是否有任何事情發生，我總之如幻覺般遺忘一切。

然後天光亮起，我把昨夜浮動的念頭捧在手心。

我需要任何規格的迷路。闖進一個小鎮，在那裡，夜已籠罩，燈微微亮著，空氣盪著無數起了一半的話語。我的活著，在無垠宇宙之正中，自成一格。

不再於夜晚睡去，不再於白日醒來。去到一個烏有之所，被囑咐私密的任務。我的城市為我備好訂製的夢。

只是某種景象

有一種景象，它們不等在馬路彼邊、樓梯終盡，它們打心裡浮現，圍窒我。用力要看，就會不見；可當閃了神、恍惚間，卻看得很清楚、太清楚。

不是夢，不是詩，只是某種景象。那和現實無混淆，也無切換。如此景象總讓我更堅強也更脆弱。如果我在那裡面，我就更堅強；如果我進不去，我會太脆弱，塵煙般隕滅。

無數線段亦填不滿平面

每件事的邊上有道刀芒。幾毫釐，我與它們擦過。一旦疊上，就是虛無。

心底深處我明白，即使是我唯一相信的物事，我亦無法把自己交出去，即使是我唯一想要的世界，我仍沒有一刻認為那是我完全屬於的世界。

穿越多少國度、錘鍊多少語言，仍是不夠的。這個現實即使在最深奧的時刻，仍無法每一格都照料到地將該個自我，從我這裡拿走、在另處錨定、在那裡棲居。就像無數線段亦填不滿平面，一部份的我，永遠那麼空蕩。

大事與小事邊上，金屬的光芒，我再看清楚一點，我想知道，我會失去什麼，還剩下什麼。然後我明白，我不會失去什麼，我仍擁有全部。恰恰因為無所缺損，我才會為那個因無法被擁抱、被覆蓋、於是慢慢融消的影子，而痛苦。

我不只是我的臉容，不只是我的故事，我亦是炙燒我的陽光，但映射(mapping)的形構無法有新一步上綱。只能這樣罷，多餘的知覺。我搖搖頭，甩開虛無的刻薄的笑。

互為殘影

搭地鐵，每回看車門關得斷然，我老是想，哪一次及時跳進將關上的門、或被留在原地，會否就是不同際遇的起點？可就算是不同際遇，就真通往歧異的終點嗎？

會否兩個際遇走了各自的路，仍要碰在一起？也就是說，在a際遇裡發生的事，將同一模樣降臨在b際遇，催生同樣的牽動、觸發同樣的領悟，最後來到同樣的結果。

無論承載a或b際遇，人在命運路途的左或右轉，終將處進完全同一個受傷或幸福，無論時點與時序的差異，一切無佚遺地相同寫入。

像是所有可能的人生，迴映為彼此的殘影。或深或淺，疊著，暈染開來。無論乘著怎樣的事件抵達，那個感觸一定會發生。它就是非寫入給我不可。

像是閃過的那個意象，它真是個預告，儘管沒能列出事情的路徑，已足夠給我結局。像是閃過的每個擔憂與慶幸，再怎麼沒頭沒腦，都透露著將傾溢的真實。而與其說躲避不了那個結果，不如說我幸運地，未能想到要躲避那個過程。

倘若「意會（empathy）」有個形態，想它與每回猶豫瞬間，我隱約又強烈感覺到的，徹底同一模樣。模糊又清晰的迷惑，曾以為那只是過往記憶的輻射，但並不是，它就是每趟路途的結果，儘管當時一無所知，恰恰因為一無所知。

……該個意會，曾只是個飄忽的意象，但一旦踏上路，踏得踏實，我就正式擁有它鉅細靡遺的身世。

全部成真

走廊開端，我邁開步，曲折地走，半掩的門，一扇又一扇。跨進其中一個房間，關上門，其他的房間瞬間消失。我在一個房間裡面。傾斜的、翻轉的、想像不到的，全部成真。

門外，如每個日子那樣模糊。房間裡頭滾著又滾，整個世界都在這兒，此間的結界端持著。不知不覺，天色變暗了，或者天色變亮了，一切已結束。

所有豪華的浪費

日子離去，我將物件收藏起來。不再合身的襯衫、缺角的杯盤、場次和片名的墨色已淡得無法辨識的電影票根，它們佔用太多空間。我非為了念舊，畢竟生命的消逝無法被遏止、亦無法被反轉，我只是想從它們的邊緣，記得其他可能發生的世界。

那些物件來自迴異的脈絡，可當俱被拋入我的生活，它們處在的就是就共享同一套秩序。日子離去，物件如沙灘上的貝殼，撤除時序的框架，來不及訴說的心事，不合時宜的意味。……它們獨立於我面前持續展開的生活，藉著它們，我可以建構一個不在過去、亦不在未來的我的生活。

浸淫於其共通氣蘊，物件投射出一幅完成的景象，像一座主理一切惦記與痛楚的圖書館。如同每本書非自第一頁開始，亦不在最後一頁結束，終極的認見、固執與愛，被精確編碼。我不需要檢索，循氣味的漸層，路徑會自動打開。

抽屜深處的密門，層架間的通道，所通往的故事互相矛盾，卻全是真的。我感覺憑空出現了一個我，他成為我的代理人，逡行於記憶暗角。很大的動作，最細的調節，在超越的瞬間回頭。物不再有任何一件顯得莫名與多餘，它們被組裝，流動不止。被正名的迷亂，所有豪華的浪費。

星球的一千個夜

「最頑強的寄生蟲是什麼？細菌？病毒？腸道蠕蟲？……不，是意念(idea)。它頑強、具有高度感染力。一個意念一旦抓住我們的心思(take hold in the brain)，幾乎再不可能做出根除。一個人或將之塵封，或忽視它，但它就是在那兒。……資訊(information)能被遺忘，可意念卻是完整封閉的整體(fully formed)。它黏在這裡(Cobb邊說邊拍了前額)，或在某處。」

——克里斯多夫．諾蘭，《全面啟動》(*Inception*)

可出錯的事將可出錯，一如可出錯的事亦可不出錯。可以發生的事就可能發生，發生的事原本亦可不發生，由另一件未必會發生、終究卻發生的事，取代地來到。當意念浮顯、成立、生根，是否就無可能擺脫？當歷史落定，還能否前往意念疊加的起點，做出改動，重頭來過，全新來過？

我們只能創造一種多層次視野：每事項，並非純然的存在、亦不只歷經蜿蜒的由來，而是各階次竄走的情節叢結之某一筆與另一筆接上、終冒出頭的那一樁。我必須有擄獲那看不到、可卻有著等價可能性、將可造就其他故事、的想像力。

回到疊加的起點，回到初生的土壤。可滋長的念頭、可發展的情節，長成一個意念、一齣事項，瀰漫地蒙出一個人的意識、一個星球的一千個夜。

甜香的，酸腥的——一種未來的氣味

羅莎琳：喏，聞聞我的指甲油，有香水的香味，又帶點腐爛的氣息。我知道聽起來很瘋狂，可這東西再多我都嫌不夠。你聞聞看！超經典的！簡直是全世界最棒的味道，它伴隨有某種下流污穢的氣息。真的！我老公愛到不行，他不能沒有這個。

卡麥：甜香又酸腥，腐爛但也芬芳。聞起來就像花一樣。

羅莎琳：是花沒錯，但還有垃圾一起。我老公艾文愛這愛到不行，怎樣都不夠，這就是會扼住你的那種東西。為了這個，他爬也會爬回來。

艾文：我完全無法控制自己。

——大衛・歐・羅素，《瞞天大佈局》(*American Hustle*)

酒館如往常吵鬧，隨夜愈深，愈多人醉得胡鬧，狹小的空間愈擁擠。大話與夢境糾纏，改變了空氣密度。我天天泡在這裡，用一個現實去鬆動另一現實。可今天，第一杯酒遲遲沒能喝完。

有個魁梧的傢伙走上前，不協調的柔細聲音，湊上我，「呦，我知道你一直想去，何不就今晚，過去看看？」他說。

我將身體傾前，聽見自己抗議地說，我沒有「一直」想去哪裡啊！他聳聳肩，「隨便你，不管怎樣，你至少是我們全部人之中，唯一想去的。想過要去、一直想去、突然想去……，總之你是唯一有這念頭的。」

酒館是這城的一處盡頭。若干年前，有群人撤退到這裡，他們把往事深深地刻入骨頭，刻入基因，再全部忘記，起造機器般的國度。快速的，潔癖的，高效率的，健康而機能的所在。沒有黑色陋巷，沒有五音不全的哼唱，一切都溫潤和煦，然後人們不再需要隱私，沒有秘密。

世代又世代過去了，孩子向大人學來同樣的謹慎，再傳遞給自己的孩子。這國度中每一棟功能完美的大樓，永續運作。

酒館是唯一的例外……。不，事實上這不是例外，這是計畫的一部分，規劃中原本就設定個容許間歇性混濁的場所。每天下班後，人們可以來，作些無法命名也無意義的事，就像程式中總會有的誤差所應得的包容。然後，當第一道天光射入，有接駁車將每個人配送回居住單位梳洗。再銜接各樓各層的上班列車。

酒館旁，有個陡升的坡邊，並沒有高牆或圍籬，但除了我，沒聽過誰也掛念那裡。我們的性格中有好奇心，也有探索未知的熱情，但離開這裡、往無名的哪裡去、可不是我們說的那種未知！更何況，我們或者根本是從那裡來的——據說為了某個理由，全部人一夜間離開。人們含糊地說，總之，那是個不適合的生存狀態。

我是各方面都表現良好的公民，但生活老讓我覺得懸浮、不盡興，我常想著一些類近於幸福（不管那是什麼）的時刻，比如列車誤點時的廣播、顯像螢幕不斷更新時給出的躁鬱氣質、或比如，家裡窗框鏽蝕的渣滓滲入地與空氣微粒共同漂浮。我把這類事情全寫下，愈來愈覺得可拼組成一個完整的生活。也許有一種生活，由這樣的事情所組成。我想在那裡過上一天。一天就好。

城邊緣上的酒館，也有那種事物在邊角地帶會有的臨界氣息，那麼，往酒館邊上再過去一點，會有什麼呢？

離開了酒館，我朝那裡走，開始爬坡，簡單的動作卻像次元間的翻越，我向四周打量，像品味整落隱形的鋼線。坡陡得不自然，我花了比預期更多的力氣。

勻了呼吸，我抵達一處平台。景象令我驚駭。眼前有「世界」，也有「生活」：它們跑在扁長的布幕，我錯覺自己掉入二維的平面宇宙。四周漆黑，灰塵過多的氣味。整體很勻稱、很平靜。與其說是失落的國度，不如說更像一個背景，一個空的空間。湍急跑著的視像流，似乎是這裡的唯一內容。

我熱切看著銀幕，找不到光源，想或許那真是個自我成立的世界。幾張布幕被配置在一起，各自跑著的似是虛構故事或紀錄片段。主題與內容都顯得雜沓，伴著嗡嗡雜訊，我有些洩氣，卻也安心，我猜這是傳說中前人們逃離的生活。

那似乎是個繽紛的時代，滿載了幾無差別、又確實並不一樣的物件，人們投入於各種忙碌，卻不期望生產力。他們擁有很多東西，再找更多東西去保護或消滅原來有的。一些段落展示著人們夢想如何迥異、以至於抵觸地令每個人的努力盡皆失效。

我還看到，他們創造事物，但生活未由此推進，事物先催生一落回應，接著這落回應會變成初始事物，催生新的回應；所有的做，長出無窮，卻非關進展。

這裡像是一台有高級運算功能，卻鎖死於轉動不流暢的巨型計算機，可這份空轉造就了整幢龐雜之美。

嗨！在那兒幹嘛？臉上塗著五顏六色的女孩將我一把攬入懷裡，其他人擁上，「他是我們的了！」女孩握拳舉高，勝利大笑，轉頭看她對誰說話，另一布幕上，人們從花花綠綠沙灘，朝這邊扮著促狹的鬼臉。哼哼去吧，他們似乎這樣說。

這不是某段時空的動態保存，這世界正上演。而且我進來裡面了。

女孩男孩像魚群滑溜而過，轉眼沒入房間的搖擺。這裡架有數個銀幕，震耳音樂中，上頭的影像更顯得疏離而沉默，搬演著看不出是以什麼為核心所架構的儀式，穿著制服的壯漢們追著一顆球跑、幾株蔬菜被按顏色在不銹鋼平台上一字排開……。

我想輪流換看不同銀幕，卻每次都是走入新一故事。冷不防，會有不同人們把我加入他們，每個我剛剛還在的現場，變成或遠或近的投影畫面。

神迷地晃遊。我看到物質的暴脹、滿溢，看到近乎無恥的耽溺，無盡增生與耗逸。人們以無時間的荒誕享用他們的世界。湛亮的熱烈，隨同地炮製出煉獄般的空洞，像一場粉紅色海嘯。

人們情緒高昂，卻感染給我憂鬱。我感到挫折。訊息過量而分歧，我無法從中辨讀反差式的教訓，也看不出誰能給我建議，他們全載浮載沉於無限上綱的甜蜜。混濁的永夜，老少一概露著炫耀的微笑。

各種崩解、浸蝕、壞毀，間雜於甜美與豐盛間。人們超越享樂，研磨出高明的虐待，注入新鮮、創造不老。……像是恐懼於一切存在終將毀棄，他們著魔於對整個生存提煉出一種螢光色的永恆性，又或者是反過來，其實是莫名燃燒的活著，驅動了末日……。

我有點嫉妒地揣摩這份歡宴的氣息。我想再待一下，四處看看，或單純坐下來，多感受一點亡命的揮霍。盤算著，應該還趕得上凌晨的接駁車回家。

也許哪天還會遇到酒館那傢伙，他定要問我見證歷史現場沒？傳說中的原鄉長什麼樣子？我得老實告訴他，那傳言錯得離譜呢，山坡的另一邊，壓根不是我們的人所來自的地方。那裡確實黑暗而混亂，可裡頭的人，情願於他們的不幸，不可能離開。

一個分心，我在黑暗中重新對焦。方才的霓虹淡出，缺乏可追蹤的軌跡。兩個界域被切割開，我處進全面性的清醒。

我剛去了哪？那裡儘管有著虛幻氣質，卻是多麼合理的所在。我一度感覺它是這世界的鏡像，只是它背叛了我們。但緊接著我瞭解，或者我們的世界本身才是個鏡像，如同那山丘上天真燒燃著的扁平布幕。

那個幻象給我的並非記憶，而是一個視角，當我由那角度攝知我的世界的全景，我再也無法想像其實不成立這樣一個視角，由此凝視我的世界。

那個視角的所在，是夢想之成真與失落的錨定點。一個合理的未來。那裡對我們正捱度的此刻並無批判，亦無期待，它只是在軌道彼端等待，或快或慢，我們都將抵達。

我感覺到某種禁錮，某種指定，某種比命運嚴厲的東西。我們在一個現成的世界裡找尋遠方，由此展開的旅程不僅箝制了個體，且每個人都貢獻了全體人類的扁平化。

在這世界外圍的未知，按自然所容許的韻律繼續擴張，更加複雜，從宇宙中某一個合理的視角看來，我與我深愛的我的世界，變得那麼虛幻，那麼無法被任何什麼連結地確認其存在。我們是這個宇宙正在慢慢遺忘的一個充滿細節的夢。

過場 I

遠征

意外有了空檔，將工作交給職務代理人，我去了趟旅行。三個地方，像三個獨立卻又由某軸線串起的夢。

α

首先是α地，我在那裡待了幾天。開車在路上走，景觀的蒼茫讓我困惑。天很高，路很長，雪未褪的白象似群山在湖面映出連綿。那個環境有種近乎傲慢的極端感。在α地，我不再感覺人的渺小，而是人與什麼都無關。就像電影拍攝為了後製合成所使用的綠幕：一張平面，人在前頭，其間沒有化學。

那幾天，移動在空無之中，一向沈重的自我，變得稀薄。我的心上迴盪著熟悉的提問：我是誰？我是誰？老掉牙的問題變得尖銳，若不給出確然的答案，我會被整幅漠然給稀釋。我感覺，我唯一的機會，是成為像這個環境那樣獨立而具體的東西。

我感覺，必須更為誠實地變成自己，成為更完全性的自己，才能在環境裡存活，借力使力地處進更深刻的流動。無論是最小的人際關係，或日常，或大自然。

路是筆直的，探向無盡。端正留在路上，是安全或危險呢？開著車，反省著纏繞著我的各種著魔：什麼是對的？如何叫做「非如此不可」？我該在展開的路一直往前，還是停在確鑿的一刻？

面對生命的起伏，我該怎麼做？要就著給定脈絡，找出最適回應？還是，所謂的給定脈絡，只是個陷阱，人能做的不過是認識自己？

思考沸騰著，無法在哪個概念棲居。又繞過一個彎，來到原不存在的山頭。……那些山，對人的各種德性、夢想與慾望毫無興趣，渴望融入自然的我，該做的不是去捍守任一種德性、夢想與慾望，而是成為德性、夢想與慾望的本身。

β

這是第三次拜訪β地。我曾在β地經歷了些可怕的事，可後來，我遺落一切、只記得美好的。但一踏上那裡，觸發的機關到來，所有沒忘記的事原來都沒有忘記。

飛機降落。我在機場航廈間移動，可這段路並不合理。螞蟻洞般甬道，每穿過一個段落，上個段落就消失。像小說情節，但愈走，那個複雜就愈勝過虛構世界。

現實中，會有那種被不同區域互相推擠，以致於掉出去、或委屈變形的空間，它們作為殘餘，奇怪地長著，那個模樣無法被賦予內涵，而只是為物理上限所迫生的畸零地，無法為規劃圖面所預設或解釋。這些穿廊貼在邊緣，或掉出去。我走在其中，覺得絕望。

走著走著，一道門打開，目的地出現。來到的航廈又新又大，明亮而平靜。我倒抽一口氣，像是見證了一個維度如何張開了口。

離開機場，進駐β地。依照計畫，我要待上一陣子，我要棲居一個日常、一個常態。

然而，情況是，我在傍晚就寢，半夜起床。起床後，四周沈靜得虛無，我捱著時間，等待天亮。剛抵達時，我託稱時差，但很快地我認清，我其實刻意維持這份倒反。是的，它亦是時差，但並非生理的迷茫，而是心智的無所適從。我感覺自己拒絕進入β地的時間，要與我來自的城市同步。我捏造時間與空間的錯亂，重整故事設定，以為如此就可以退出地圖上的現成標的。

白天，進城，我有張標註地點的清單，假裝非去這個那個哪裡不可，由此走進這城市。迷路或繞了遠路，毫不介意，因為迂迴才是這整件事的目的。這是我，我這樣從自己抽離，真正地深入地理。

然而，好幾次，清單上那些明明隱匿的標的卻突然出現。事情變得那麼輕易，那麼輕。

陌生的城市，原本該像童話中的鯨魚肚子，一個聽任呼吸韻律的腔室，那裡沒有絕對的稜角與邊界，一切柔軟變動著，深深裹住我。黏呼呼的體液，難以掙脫，那將肇致很久以後的很多夢境。

可這幾天，我感覺的是，一張塗寫得密麻的紙，被折成兩半，拿筆戳一個洞，忽已在另一邊。我沒有方式觸到任何細節。

γ

γ地，一個獨立而偏僻的島嶼。我在極地氣候的冬季，繞上一圈。

每天，很長的時間在路上，沿途是難以想像的風景。思維著火的同時，身體卻從人的狀態，一點一點剝離往動物、植物、礦物。

γ地的旅程很辛苦，那裡盡是我鍾情的元素，純粹、純淨、極端、寧靜、無限、不可能的光色，我卻未曾準備好如此規模的橫渡經驗，且不可中途退出。在γ地，公路只有一條，接受了起點，上路，每一天，往回的路都更為無際。

我很驚訝，即使在如此的美麗底，時間仍可能是漫長的。也許人終究得以現實感來確認自身，不依由任何脈絡的美麗，一旦進來，就是從原本現實離開，人將陷入孤絕。γ地的美，漶著不可能性。如此不定，令我恐慌，削弱著我。

在γ地整趟路，沒有山，它們是被雪或厚或薄覆蓋的巨大岩塊。沒有海、潟湖、瀑布或浮冰，它們只是水。沒有雲、雪、霧、或地熱的蒸騰氤氳，那是白色，無涯無涯的白色。天氣神經質地流動。幻變的地貌。移動迷宮。

路上，空無一物，空無一人，空無一事。百哩與下個百哩之中，有時會出現幾隻長得像馬的生物。牠們從哪裡來？要往哪裡去？我想不出其中有任何道理。習慣了非人的處境，再看到天線、路燈、指標，一下子，我會不瞭解那是什麼。

純然的物質狀態。所有事物都是最基本構成，沒有名字，不要誰用手去指，但它們並不顯得劇烈。在那旁邊，儘管說不上安心，卻也不曾覺得壓迫。你只是會一點一點失去人的性格。

天亮，暴發戶般全部打亮，像全世界的光被蓄積。天暗，就進入一個不曾有過希望、永不誕生的甬道。在γ地，若非念著我所來自的城市，我不曾知道時間。

漫長地上路，覺得很冷，或很餓，或冷與餓都消失地沒再能感覺什麼的被碾過的茫然。耽看風景，不移開眼神。突然身在旅館。某一刻，睡意突然將我覆滅，再在另一刻，完全性的清醒。γ地是一個我不曾想像過的，無法被哲學、文學、藝術或任何什麼給平行的地方。

這裡，人類活動與生活，被限縮在低微範圍，我從感官採集到的材料無法成為任何事情的隱喻。白日只相對為黑夜。水只感興趣於與另一些水，較勁著量體與流動。岩石以形貌與據地互相辯證，確立一個與另個區域的邊界，可該些邊界，對我無有差別。

沒有生存懸難的指示，沒有活與死的意象。人的血液裡流動的暖甜或疏淡，愛的錘測，思念的稜線，各種猶豫，各種迷惘，組成我這個人的一切元素，在這裡都不切實際。

我想起一部電影。電影中，太空船正飛往外太空，途中，有太空人突陷入恐慌，摸著太空艙的邊壁，他說，隔著這麼樣薄薄一塊金屬，外頭就算最小事物都足以毀滅我們。組員安慰他，你知道嗎？其實單人帆船賽的選手，許多是不會游泳的。

單薄的小小風帆，在大海中央，一個偶然的風與浪，可以吞噬所有。所以，不用想，往前走就對了。

可不是嗎？像是人以纖細的心靈走進未知，那些歲月賦予的世故，到底是簡陋的保護殼，當遇到新的他人，進入新的故事，仍永遠那麼危險。

想著。然後將眼光調回一片雪白，我明白，這些思索的浪漫仍建築在生存的崖壁。每一刻，公路上獨行的汽車，正是太空艙薄殼，而「被毀滅」，並非隱喻。前後絕無人煙，大雪會在陽光後狂躁襲來。我驚覺我其實不曾做過就此消失的準備。

曠野恐懼症與幽閉恐懼症竟是同一件事，當理性還糾結於寬闊與窄隘之並不相容，可身體明白地將事情分為，合乎生存尺度的，與不合的。尺度錯誤，就是無路可出。關於極端的恐懼，俱同一回事。

在最害怕的時候，我一手抓著方向盤，一手在收音機切換地找最嗆俗的歌曲。要軟黏、要扁平，那些洗腦地曾令我懊惱擺脫不掉的笨笨的旋律。用這個，讓自己留在現實之中。

焦慮地想著許多，綿綿的日子，卻也去到最後一天。這天，白天下起近乎陰謀的大雪，埋覆地改變了地表的樣子。像要藉此混淆我的認知，讓我不能宣稱擁有她真正的模樣。記憶中只餘白色的海。

但這招對我不管用。γ地於我，是無法被編碼的美麗，我從沒打算記得，沒打算夢見。我只是知道了。我已經知道了。

當刻。在最後的最後。恐懼與孤獨加總，得出一份無限的溫柔。這些日子以來那麼深邃的無所憑依，終仍感覺被什麼給輕輕托著。像是宇宙中有某個對倒的彼方，守護著我。

回家

我想起剛抵達β地時在航廈間的穿行，那些顯得臨時、單薄卻曲折且交錯的怪異通道，那些被擠壓出的空間，如何讓我想著現實與虛構世界的差別。

被擠壓出的空間，無法被賦予意義，它們恰恰是事物在爭奪意義間給弄出來的，像板塊傾軋間，浮現的某個無辜但可被忽略的小平台。真正的無處之所。

這回上路，太深、太本質性的現實，讓我處於一種懸浮。我感覺著那個平行的所在，它似乎是安全的，卻其實藏著致命的破綻。像身在甜膩的小房間，一切都很好，可只要一個分心，我會對這個密室不解，不知道自己為什麼會出現在這裡。然後故事會軋然中止。

我改了機票，兩次。提早、再提早。我太想家了、太孤單了。

但無論如何，這段日子裡的巨大的驚豔，微小的神奇，儘管沒來得及醞釀情緒去消化，我已放進心裡，將延遲但認真地珍惜。我知道它們將改變某些什麼，甚至救了我。

都說bittersweet，苦甜交雜，苦甜各半，先苦後甜，先甜後苦……，但在旅途的最末，那些辛苦甚或痛苦，是那樣嗆辣，因而蝕出原本不存在的觸覺，由此打開貨真價實的新鮮。透明的，沁亮的，一些純粹而原生的感受。不說美好的部分，單單苦的本身，就有回甘。真正的bittersweet。

回家了。

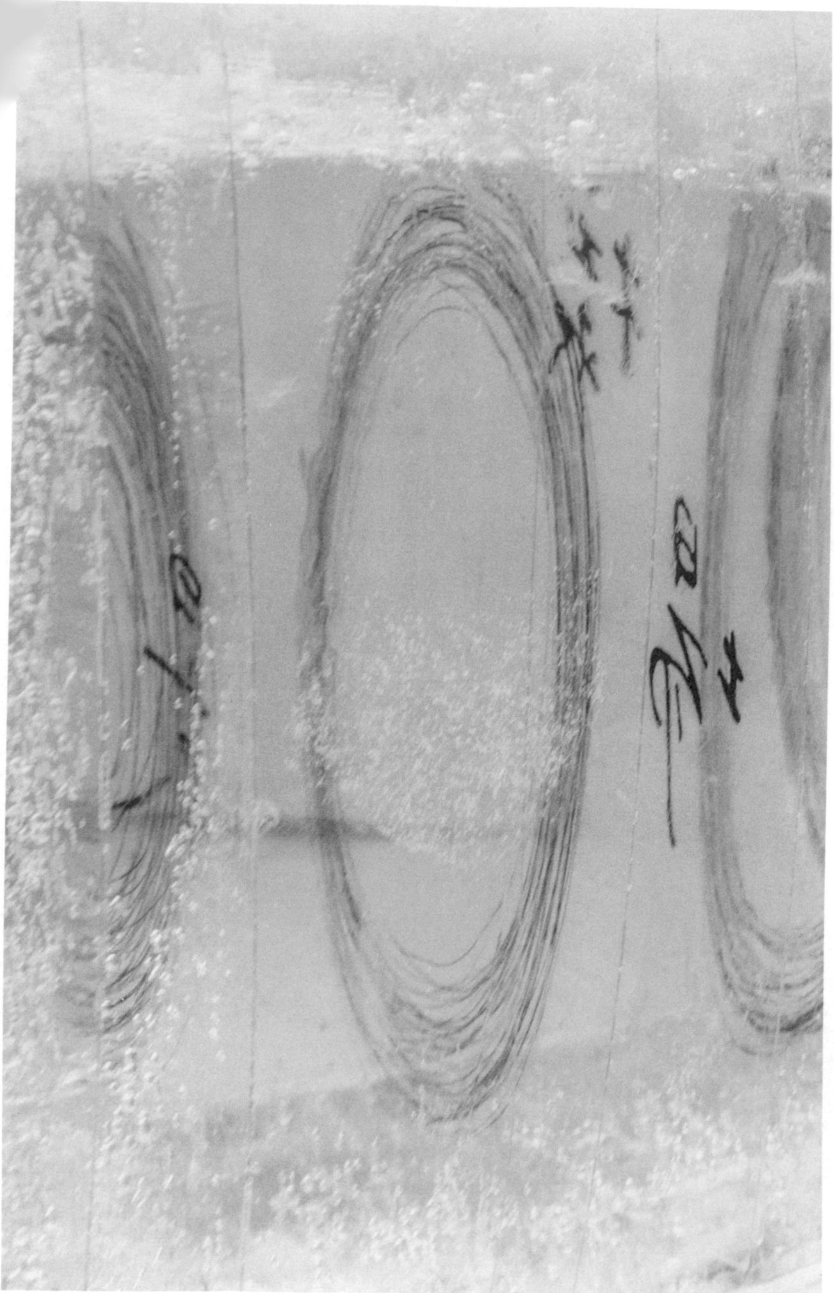

第二部　劇場

愛情是一樁科幻的拯救

關於愛情，我已充分瞭解，無論那是連著生存或作為愛的本身，我已瞭解，如此爛熟，懶於覆誦。

最近，我喜歡上一個人，這令我恐慌。並非我預見那將帶來混亂，而是我知道，我喜歡上她，是因為我需要愚蠢而天真地愛上誰、為誰混亂。

我是如此厭倦植在身上的智慧。陳腐的模式又如何？我渴望浸進最平庸的無知，像我曾有過的，最好比那更多。我想什麼都不懂地去愛一回，儘管我瞭解這份無知難以真切。可誰知道呢？也許我將陷入其中，忘記我曾學會的。時間倒轉，貨真價實(authentic)的天真。

我需要純淨、纖細、起源的愛：愛上誰，渴望被愛上，恐懼愛的濾變。我需要我無法將愛情與任何其他事情自以為通透地貫串。我需要那種遺忘他人、非關生存奧秘的幼獸的愛。

如今，我已可以創造一個世界，可以洞察隱微的鏈結與斷裂。在那裡，愛若不是最大的，就是很小的。但那不是我要的。我要我在一個現成的生活裡，被命運所擺弄。

而愛，很普通的尺度，最粗疏的定義：與另個人，一些糖果與花朵，一些傻話，一些傻事。

我擔心我利用了她。但我不要擔心，我不要看得比我該看到的更多。定定看著，我看到她深吸一口氣，她對上我的眼睛。其中的波動不關於真假，而是新的。朝陌生的向度探去。離開現成的這個世界，離開我能創造的一千個世界，銜上陌生的一處。

我想起了年輕的我曾知道的，愛情是一樁科幻的拯救，在花與蜜之外，且是廣大的星空。

陷入一樁蜃影

為什麼陷入一樁蜃影？那壓根是個沒頭沒腦的幻覺。自以為愛上一個人，卻沒有支持的上下文，沒有具體線索，我只是突然認為自己愛上了她。

人為什麼相信明知並非真之事？那不是清明地看著夢的上演，不是偎著什麼以為依靠的自我欺瞞，亦不是空泛嘆言世事皆漂浮而相對、因此找個東西信仰並棲居其中……。

我感覺到，我對生活的洞察，慢慢長成一落有迴路的理論。我以對自己和現實的理解，將那織成具體的啟示。

然而，當啟示臻至完整，現實中卻未有事情發生，未有肉體性情節去確認這落理論。理論它於是活了過來，出發去創造。它抓住未受提防的項目，纏出故事的起始設定，將我裝進裡頭。

遇到一個人，愛上她……。並非我不相信一見鍾情，而是愛情這類巨大事件的發生，需要近遠淺深的各種項目去鋪陳，像個成熟的生態系。而今天，我眼睛一張開，就身在故事的正中間，為陌生世界的陌生人痛苦……。

湊那麼近，要汲取生存的秘密，轉化成一套套方便收納的表述。可原來我低估了抽象物事的生命力。它們被我催眠，自以為擁有生命，於是它們也渴望活過來、什麼都親眼見識一回。故事初始環境被部署完成，撲上我，我被牽扯進一落非現實的情節。

事情於是發生了，成為我生命中發生過的事。我在裡頭得到的，或者是我早擁有的洞察，卻有更多立體的、不必擁有定義的，夢的氣流。

話語的觸鬚

每當見面，我們從上次談話中斷的地方接續。其間隔了兩天、三個禮拜或幾個月。當時為什麼中斷？或許被誰打岔、或時間到了、或未明的軋然停住。我們其中一人，斷然離開。

然後我們又見面了。總有一人起頭，妳，或我，從上回中斷的地方開始說。妳記得我說過的話，我耙梳著未盡的妳的思緒。

上回的談話慢慢被收束，浮冰般，震盪地，擦上新的論題。它們仍生澀，未有形體，它們被撥觸開，將被記得、被珍惜。下一回合面對面、坐著、看著對方，變得可能。我們這樣對抗時間，超越時間。

許久沒見到妳了。我感覺著那些即將落定的話語的觸鬚，熱切地探出，愈來愈確鑿地將鉤上什麼。

然後，妳推門進來。

白色的鳥啣著白色的花

當感覺痛苦，我在更早一刻已為痛苦擄獲，那不再關於觸發的事件，而是它的蔓延。森林燒燃殆盡。它囊括我的過去，預告我的未來，我不再能為一事心碎，而是那暗示給我的浩瀚的釐清。像是我此刻的挫敗，是浮在水面的一個其實微小的點，徵兆著腐爛的整個國度全部土壤。

擺脫痛苦的方式只有一個。專注於當下。完全的、斷裂的當下。它不透露過去，不啟發未來。時空的孤島。我打起精神，在中性的環境，小心梳理必須留下的、能夠帶走的，直到我不再看到令我心碎的事件。

眼前剩下一片白色平面。白色平面有白色的樹，白色的蝴蝶，白色的狐狸。在邊上，一窪紅色的水漶進……。

白色的鳥啣著白色的花，早一步飛抵，花瓣將水窪覆成白色的孔洞，消滅了紅色的進攻。我在白色的平面，為自己填充白色的專注。

感到痛苦時，我已經痛苦了。我爭取不到時間的逆行，無法拯救自己於過去與未來的敘事暗示。我只能，讓自己退出開敞的路、遠大的視野。「現在」，我想。我慎重呼喚，像是那真的存在。

「現在。」我說。白色的平面來臨。我拿下白色的力量。

小小的極地之旅

我在她身後。白晰滑膩的氣息，蝴蝶的透明。

她不再是那個女孩，我們之間不再橫有故事。我感覺到的，唯有最清潔的理解。要撥弄，要追究，必要的時候得使用暴力。得在那裡，創造一個小小的極地之旅。

當我想要妳

當我想要妳，我想要的是什麼？除了妳的身體，除了妳如蜜的暖金色話語，我想與妳走在擁擠的廣場，想與妳一同晚餐，想遠遠就聽見妳的聲音，我正朝那裡走去。

公車上。我伸出手，輕觸妳，妳將眼神調來，不置可否。沒來由地，我摸摸妳的頭，扯了妳的衣服，點著妳美好的頸肩骨頭與骨頭間的縫隙。妳說話，我將手貼著妳的臉。因為我的不專心，妳要生氣了。

當我想要妳，我想擁有權限，和妳同在一個現場，無意識的各樣舉動。穿梭現實的格柵，醞釀氣流。妳是個流動的存在，因此，儘管自以為相愛，比之現實，我們只有很小的勝算。

我伸手，摸索看不到的通廊和隔板。有時我們在一處邊界的兩側，有時我們在一個房間的內外。找出那些，做記號。我裝作無事，找出其中的脆弱點。使全力，往那推擠。

該個時刻，我似乎沒有心。若有心，裡面也沒有妳。我像個物件，有奇怪的韌度，但是空的。瞞過傾軋的現實之流，我成為一枚羽毛，一件襯衫，一杯口味特定的咖啡。時間不阻擋人們對物的愛。

妳搜尋地要對上我的眼神，可妳不會找到。我專注於控制碰觸妳的力道。更輕一點，但要留下存在的質地；更快一點，但要足以牽曳記憶的絲線。

像情不自禁，像心不在焉，像性的騷動。其實都不是。現實怎樣監看，指責不了我。我不是在撫摸妳，我是走上第一線，去瞭解虛無是以如何之形廓，包圍我們。

找到脆弱點，滑進去。我並非在某個時刻與妳在某個現場，我成為該個時刻，成為該個現場。當我想要妳，我的意思是，我要妳。

關於妳的儀式

面對她的身體，我建立儀式，確認對一切物件的崇拜。在黑色的肅穆與花俏的精神病質地間猶豫，在死亡的終極，與活著的如蛇般的狡猾間猶豫。

太愛妳的時候我會想結婚，把我們交給空洞的規則去調度。太愛妳的時候我會想做愛，把我們交給神秘的韻律去撫弄。可此刻，我對妳的愛，越過了妳的作為一個人。我於是只看著，無可回退，離不開。一切的妳的小小神龕、小小神像。

不碰妳。我祈求天雨，祈求天晴，祈求有露水可供吸吮的夏日。我祈求一個天真的花園，滿載花蜜。

性虐待的動與停

人心是不竭的源泉，無法填滿的深淵。有時你是被取用的人，另些時候你是取用的人；再另些時候，你無限取用a，以確保自己能被b無限取用。

這樣的關係沒有道理，非關道德。不再經心，無內疚也無恨。沒有對公平的爭辯，非關取捨消長的槓桿。不勞煩要一筆筆註記，不可能追討。超越了願打願挨的甘心，只有宿命的了然。不是認命，是為這宿命推上一把。

任何種類的情感，無論來自過去、現在或未來的他人，人與人的關係是個擂臺，物質或心靈，有形或無形，快或慢，直或間接……，一切的動，一切的不動與互動，都換算得一個價格標。

關於人際間可探測的純度、可預期的年限、品質與定義，專家劃定選項，標上價格。比如來自戀人的一句話，可以有脈絡的多層界定，發話的時點、斷裂與連綿、空茫與紮實感的光譜遞移、腔調的一致與明確度、每字詞句段組成之拆解、考慮進無心與假裝無心……，諸如此類。

一張項目清單。對自身人際處境的比對，由此衡量。但人心，某些時候，許多時候，不需要兌現的平台。

走進無光的隧道，那由原初或後天缺損構成。絕對性的牆垛，主觀的海，過份高亢，相互抵銷。理性與感性全部無效。走進那裡，世界全有全無。不管擁有什麼，差了微頻的振動，我就一無所有。

鬼迷心竅。此刻，我的心眼被封死，不再透入光色。

機械地耗竭自己，不再為了交換妳的笑容，不再為了自以為能讓妳幸福，不為虧欠、習慣、恐懼或空虛，而只是我變成一個上了發條、就得轉到結束的裝置。

機械地將妳掏盡，不再為了想從妳那裡拿來什麼，不為了折磨妳，不為了用妳的痛苦來確立我的存在，而只是我變成一個上了發條、就得轉到結束的裝置。

生命中，這樣的黑暗叢結以其軌跡，流竄於我的各種遭逢。一個情感的湧動，一個決定的斷然，一種暗流逆流的死亡的痛與悚然的閃現……。我找不到它的意涵，那是我這個人的終極黑暗。

像條蛇，像連下一個禮拜大雨的黑夜，像突然醒過來發現已為庸俗佔滿的茫然。不是會痛的那種飢餓，只是一種金屬氣息的空洞。

一段日子的瘋魔之後，回到光天化日，檢討取與捨，像是我真擁有一個天平，一端是自己，一端是他人。

如同性愛虐待中的動與停，當還能約定安全暗號（safe word）、當激亢與疼痛分離、能勒令停止，則這遊戲是有四面牆的——有門窗，有光，有規則與承諾，有交換，有你我的情願。如同多數日子裡我與人的關係。

但有一種，S/M是沒有安全暗號的，每個無盡耗竭自己、無盡取用他人的人，都是這種S/M的施虐者。這不是個契約的遊戲，我眼中沒有妳，我亦不是由品格與故事組裝成的我自己。我是個空殼，追著無名但確實的底盡。

到了的時候，我會知道。

無人作證的戀情

故事之成立，在於取得實與虛的平衡。當讀者可被平移進故事的現場，就是「實」的，相對於此，則是無他人在場、只由制高者轉述的「虛」。

以此來看，獨自一人的我的生活，因無人見證，缺乏援引，而難以成為踏實的故事。但對我來說，沈浸在日常內裡，並不令我感到虛無，反而是硬撐成某個樣子、要搆上他人，我才為虛線所圍繞。

這樣的我，當與另一人談起戀愛，她的出現，會是跨進我的虛線，而非帶我接上他人的現實。

我只有我自己一個人，就算有個情人，我們之間的遭遇，無第三人可見證。我們的情話鋪陳以密碼，外出約會，我們是大海的兩枚貝殼。一切只在虛空之中。

妳不是我的家人，不是我的朋友，發生在妳我之間的事，有時碰巧和他人無關，另些時候，我努力讓它和這世界所有人，都無關。

我想保留給這段感情極端的純淨。清澈的永恆。超越的姿態。我想由極端來緩解悲觀。那麼，當妳離開我，我可以說一切不曾發生。我無從惦記，沒有人佐證，沒有日期，沒有信物，沒有實體的心可供碎裂。

與妳的一切……。我不曾因戀情細節的飄渺而覺得不踏實，我本來就無法想像真成立有任何所謂愛情的外部性事項。……我們之間，只有妳作證。妳走了，它不曾成立。

愛情從來是一個人的故事。妳的故事。

也許終極的愛情，只好是……

我總這麼想，想我得留住妳。可是，如何留住一個完整的個體？怎樣是封閉卻舒服的安全感？

應允她完整的自我，則我還能給出可被珍惜的什麼？我在那裡的哪裡？當她有了什麼都有的世界，我怎麼讓她心動？

終極的愛情，只好是兩個人都懷抱著一點點的、可忍耐的不幸。湊合著，我有妳為伴，我不交出自我，不允許妳實現自我。拉拉扯扯，在時光中稠化爲絕對性背景。我們爲對方籠罩，卻仍私藏某個遠方。

一個個「我」誕生、長大，每個我，都是一處失控的宇宙，我追不上它們。作為難以嵌進現實的人，我錯在哪？這樣的我怎麼擁有愛情、讓誰幸福？

我該找個非現實的人嗎？還是我需要為我調和現實的人？又或者，我可以建構現實的定義，整頓邊界，安頓我非要不可與絕對不要的東西，依由我的真實，創造出最適的現實？

內在宮殿

一個關係，是虛設幾個端點，拉出整個立體空間，再將之投射回各端點。每個人不真是一個點，在關係中，我們更像是一窪窪訊息的匯聚。

想像著我的投影，想像我之刻印給他人，再收束起來。「我」，是持續增生的內在宮殿。

打開妳，如打開一朵花

比起愛，性會否更能顯出觸感？畢竟那裡不會有飄忽的灰色。

想起F。我感覺到一份篤定。湧自後頸的綿長，爬到前緣，將我捲住。我感覺對這世界再無懷疑。走上前，不會看見她的笑。沒有斟酌，沒有思索或困惑，我們之間，沒有徵詢，沒有試探，沒有前戲，沒有消耗性的中途。一次，就在愛情中央。

時間似是無盡的，因為我們是無盡的。我以近乎粗魯的固執，逐一確認她的每吋肌膚。我的動作很輕，輕到足以被誤為是溫柔。但那不是。

我對F的身體有預設的見解，可出現在我面前的，與我原認定的並不相同。我必須親自找出這上頭每一處正確的收束與舒張。這探索充滿野心，氣氛卻不因此緊張。我為自己的堅定所感染，變得激昂，等待某個更底蘊的存在。

過程。漸強(crescendo)的沈穩但決絕，序列地，緩升張開。耗費多久？我不可能知道。並非我的感知已被佔據地不再能認知分秒推移，事情是反過來的，其實是藉著如此每一綹觸動的勾銜。時間，才被定義。

前置工作花上許久，正式的進入，被不斷推遲。

正式進入。我領悟在這之前的事：F與我得鍾鍊一套秩序，環節咬合，優雅地促成全面爆發。要讓意義明確。如果花開只有一次，如果終點只有一個，不能出錯。

這不是任何形式的情動，不是性慾。它更像個記號，一套以特定編碼做契定的代號。F與我是第一線人員，擁有解碼的能力。

鄭重的做愛。我們被擄入由多重觸覺與嗅覺組裝起的空間，來到意義潮湧的航程。我讀取這質地，所有停頓與延續、點與線、0與1的分別，一組接一組，拼裝訊息。F與我滿足地讀著。

一切景色，包含搖曳的暗影

回溯著，回到那個意象。那晚，我在那裡，我看著我們。

微調不同焦距，來到各個深度，每介面有不同全景。翕張的毛孔，體液染開，身體壓抑著，不願造成驚動。律動是低限的，但仍暴烈。一切景色，包含搖曳的暗影。

那是我與一名女子。尋常的旅館房間，燈熄了，只有月色一縷一縷流入。這不是幻覺。我看到了。視覺、節奏、觸感，每面向編織著，夜晚變得完整。

也許是尋常的一夜情，但我以多餘的感性，為歡愉置換意義。

日子過著。那夜的景觀切換著狀態，有時是團隱約的氣息，空氣中漲著交合的濡濕，但毫無細節；有時肢體纏成精細構圖；有時，只有一處細部，周沿朝中心渦漩前來，沒有臉，只有膚觸牽動的細紋。

不同景觀收為同一個點，裡頭的我，完整地隸屬於一幢動態。以夜為邊框，我在臨界，朝更深處連上。

事情之顯出奇怪

我不是個特別的人，我對事情很少有標誌性的感受方式，如果能反身地感受自己的平凡算得上是一種不平凡，那將是我僅有的特殊。我有喜歡的事物，但沒有非如此不可的燒灼。許多人有類似斑點那樣特別深鬱的某處。但我沒有那個。

關於神秘，關於不可知，我沒有相信，也沒有不相信。我沒有夢想的騷動，也就無所謂壓抑而來的務實。我的世界很明確，但不是要說明給誰或抵抗空無的明確，而是像走在濃霧中、仍能掌握腳下的一步。

我不是涉世不深的小孩，不抱有不著地的幻想，沒有希罕的熱情，亦不悲觀或虛無。我與同事的關係剛好，有感情密度一般的家人和學生時代的朋友，談過數次戀愛，或也曾在其中歷經更深入的情緒。我不記得戀情的詳情，但當日後遇到了相關概念，我有約略連上往事的路徑。

工作的緣故，我和許多人接觸。以巨大利益運為基礎展開的往來底，我看過各種事，其中的許多，或說得上奇異。隨年歲增長，我不再困惑，可仍有些事不曾被破解，它們維持著彆扭的姿勢。可這些異常，亦在正常範圍。

事情由人做出，穿過千絲萬縷的意念，當參與其中的人們的歪斜，累積地越過臨界，事情會顯出某種奇怪。它們隨情狀關閉，成為剩餘，被編寫進誰的夢，但不再比這更多。

這是我的樣子，同樣與不同的奇怪。

創造一場情色體驗

> 她在眼眶四周劃上眼線，使她看上去多了幾分世故。世故，正是這個名詞。那使我相形下顯得笨拙駑鈍，我記得有次我目睹一隻蝴蝶成蟲誕生時也是這種感覺，結果我不得不殺死它。我的意思是，那種美會讓你產生困惑，你不知道接下來該怎麼辦。
>
> ——約翰・符傲思，《蝴蝶春夢》(*The Collector*)

咖啡店裡，妳正翻著雜誌。妳從書頁抬起頭來。妳又埋到書中。

我想像這樣的畫面。想像將妳迫入樓梯旁的角落，想像我們以牆和身體圍出區域，我凌駕地制住妳，妳蜷縮著，卻仰著臉，小動物般清澈而不畏的眼睛，對著我。

妳正等待什麼，妳亦期待什麼。我以無意義的話語填滿我們之間空隙，它們粗俗得近乎荒謬，剩下聲響，流動的形體竄入我們之間，領域被填滿。

妳有話想說，可我討厭各種形式的干擾，我只好把妳打上一巴掌。妳扭著閃躲。此一相對姿勢令我難以使力，那於是顯得，我不是打妳，而是這整個外部性封閉，逼我如此碰觸妳。我拍著妳，我貼著妳，妳的臉脹紅。空氣蒸騰。我不能做些別的，我們這樣對峙。我想像如此畫面，想像角色互換。

任直覺曳引，我與妳，直到有生與滅的平衡。創造一場情色體驗，讓所有事情停在它幾乎發生的瞬間。

不是權充的前戲，不是虛晃的試探，我真心攻擊，一如妳真心抵抗。我們迷惑於捲起的氣流，深陷恍惚，被牽制在很表面的招式來回。……順隨上一刻的慣性，又為無可遏抑的某種點對點的對上，通電，分心。我們之間一切的做，顯得那麼必要，又只能那麼虛假。

像一隻咆哮的大狗和一隻尖叫的小鳥，不懂對方的語言，轟隆交鋒，成為對倒的一組。那個鑲嵌，對我們以外的世界而言，或者是可遺落的，可當滑過臨界，妳與我，進入無從拆解的意緒，一切燒竄得囂張。

何必企求任何一樁明或暗的性愛？如果我一個人就可以創造情色。

情色狀態是我在自己以外某物事上頭，找到足以展開自身內在、加諸層次的一個點。該個點是不定的，我在自己和它之間，不斷來回，每回合創造新的形構。填滿它們的不是情感，而是在場者的共謀。

那是觸覺的，但非關肉身，而是思維的惰態。它們凝著，足以被連動，融為純然的火。

在情色面前，我掙脫意識的介入，找回感受的本色。活著仍有真正的辣、苦與燒灼。情色狀態或可看為意識之某種逸出、解放和重整……。我要妳，我現在就要妳。

她疑惑地抬頭看了我，我在位置上消失成為一灘水。

情色的封閉系統

> 這機器一震動，水田釘耙就降落在這人身上。這時，只有針頭一點點地接觸身體；針頭會自動調整，調整好之後，這鋼鐵帶子要立刻拉緊，變成如棒子一般，操作就跟著開始。……針頭震動著刺入身體，人體也因躺在平台關係做小幅度震顫。
>
> 兩種類的針排列成幾層，長針旁邊，一定有短針，長針刺字，短針噴水，以將血洗乾淨。血水引到一頭的溝槽，再流入大管。排水裝置在孔洞裡。
>
> ——法蘭茲・卡夫卡，〈流刑地〉(*In the Penal Colony*)

性太容易是純動物性驅策，野蠻而無聊，我偏好假正經的意淫。一樁虛構行動，憑空變出潮湧的甜膩，以它的超現實質地，躲過自然法則。情色狀態總富含更大的創造性。

人們將情色狀態說成純真或本能，可前者無法表明那種不盡的潮熱，後者則不曾自我增生有繁複性。

一個結實的狀態絞上另一個……。純動物的性，像兩端點之間的一來、一往；人的情色，卻是借力使力地不斷拔高、越渡。我擺脫思維的重，變成一枚花瓣，再更薄透，然後重新變大。我僅僅是一個片面、一瓣碎片，卻擁有完整記憶。

情色狀態延伸，我與妳，造出一個封閉系統。在這裡，妳的感受，鑲在一個單色而全面的觸動。非關目的，新鮮不疲。從自己離開，再更繁複一點，我仍在自己裡面。

無性生活的虛假

有性的生活，與無性的生活，並不一樣。有性的生活有一落帶刺的框線，它會無視於人的意志，將他們推進一處。那樣的生活將日常鑿出光線，揭開原不存在的縫口，換上決定性的形變。而無性的生活，則是另一回事。

無性的生活，有種均勻全景的意味，其中的任何一處，那裡的氣息終究會染上全部。沒有自哪裡湧上的神秘未知，一切似乎是攤開的、無痕的。或有觸動，卻沒有聲色。沒有出口、沒有斷裂性的轉換。事物慢慢黏滯、慢慢混濁，成為太重的存在，成為悚然的存在。

感覺那個空洞，感覺著某種死去。沒有性的原始觸動，事物好容易變成層疊的知性。當不再有那個激動，我將只在規則底浮沈，轉出的情節粗疏，不打動誰。然後，再也沒有不可遏抑的什麼，不會有什麼碾過我，不會有什麼在此與彼個肉體，植入注定的騷動。

無性的生活，無法不慢慢變得虛假，它停在該停下的地方，沒有神秘的香味，也沒有水流。我遙遠地記得我有個密室，密室有寶物。可通往寶物需要一把鑰匙，而我已一無所有。

蜜只能這樣釀出來

無可無不可的夜晚，看著吹噓說有多麼性感的電影，每次都讓我更為空虛。我看過多少標榜如何露骨聳動的性愛題材電影？有哪一次我能完全相信它，任它將我帶走，像童話中的花衣吹笛人，讓自己被帶進一個準備對你透露一切、展示一切的世界……？

那些電影，我總是看著看著，感到困惑：「如果會怕，你們為什麼要拍？」，它們俱以一種充滿決心的氣勢打開整個設定，然後，很快就變得怯弱，開始將性愛的本質推託給別的事情。從性開始，在性結束，是此類題材必須要有的信仰。若是不這樣，就無法看到這件事情更裡面的東西。

性，是一個純粹、純淨的與極限的搏鬥場，以信念（心動）帶出行動，再由行動微調或重寫信念，一個不斷辯證向上的迴路。過程中，人逐步褪去他的偽裝與武裝，沒有東西能保護你，也沒有東西能幫助你。在這裡，真相與真理都是存在的、具體的，但我們得要親自爭取，無論是更無畏地進入浩瀚、去試更多的肌膚、更多的律動，又或者是退回來，在幾乎的空無之中消滅最末一落心念的塵霧，讓早已準備好的狂喜蒙覆上來、正式打開。高潮是那某個對的事情，一個不可能說謊、不可能錯認的標的。

但重點並不在於高潮的獲得。高潮是用來錘測與錨定整件事的依據。如同沒有死亡，人就不可能真正活過，對高潮的掛念、的著魔，將我們封進一個只能前進無法後退的旅程。

沒有退路。蜜只能這樣釀出來。

生活的質地

週五下午，辦公室照例全體心不在焉，對週末的來臨毫無感覺的我，有種被孤立的煩躁。

下班前，有人拍了拍我。隔了幾條走道的同事。「嗨，今天是我上班最後一天，我下週就不進公司了。」他親切地說。我抬頭看了他一眼，聳聳肩，「嗯。」我說。

我不討厭客套，但我無法做缺乏絕對性必要的事。我不確定自己是否知道他要離職，但無論任何情況，我看不出真有哪些話是我必要說的。「在同一個辦公室這麼幾年，好像還沒跟你好好聊過。」他鄭重、有點緊張地說。

回想當時，或該浮現千種想法，但並沒有。像是件不自然的事，我卻從迷霧中抓到其中亦有的當然的成分。「是啊。」我說。我的回答太短促了，他似乎已備有進一步的說明，可當過程被簡陋關閉，他被困在話語間，顯出一種預備地拉了很高、其中的路途卻遙被取消，的茫然。

噢。他頓了一下，「對了。」還沒能配合上進度地，他乾乾地說，但隨即又輕鬆起來。「明晚大家幫我辦了歡送會。我想你也一起來，好不好？」他是個乾脆的人。

他往座位走回，一路停下與同事笑談。尋常的週五光景。

我往那裡看去，偌大的辦公室，因為這同事的造訪，景色從一貫的灰淡，一點一點顯得立體，反而讓方才的交談變得不真實。

我怔想著更多。他回到座位，望了過來，半玩笑卻仍誠懇地對我做了個致意的手勢。我心裡像是被轉開的水龍頭，湧著某種……生活的質地，即是我眼中他人那種自然而然生活就轉動起來、隨後才發現自己早已在其中，的溫潤或說無害感。這是前所未有的一天。

戲劇性畫面（tableau）

我總是把生活的段落看為一張張戲劇性畫面（tableau），我只能這樣記得事情。這些畫面獨立於它來自的脈絡。當場每個元素，從零開始，新的逢遇，互相辨識，探入彼此靈魂。

戲劇性畫面像憑空發生、隨即消失的情節斷片，不必延伸的線索，遽然的電光石火，自動連上自身存在。

我感覺在一個與下一個畫面間移動，以自己的邏輯，宣稱記憶，新寫一個合理故事。又或者反過來，紛飛的什麼，一個瞥見、一次心動、一回領會，被還原成一張張畫面。永恆的獨立劇場。

一切景觀有概念的打磨，由此模擬一部辭典、一部求生指南，像是真帶著這麼多、著魔這麼多、人生有這麼多。藉由戲劇性畫面的幻術，在原地，可以飛得最遠、潛得最深，所有最危險的旅程本來就該最安全。

啟動一個場景

今晚與人約談事情，我早到一個小時，以準備成悠閒的樣子。可對方竟比我更早到。在門口，我遲疑著，他望過來，我只好走向他，坐了下來。

小酒館只有我們，吧台還堆著雜物，老闆忙進忙出，無暇招呼誰。門敞著。那個小小而特定的時空，像酒館的後台，而不是它的本身，有太多我們不需要知道的苦衷與設定，粗魯得無法想像即將凝聚一場魔幻氣氛。

我坐下，沈默無語。人與人之間該怎樣，才能總是有個現成的氣氛？我對於啟動一個場景總是感到生澀。

唯一無從不信任的人

H約了我，地點是距市區兩小時車程的餐館。「不好意思，你一定覺得唐突，但有個忙我得請你幫。你是我能想到、唯一可信任的人。」一坐下，他似是把心一橫，對著我，用力說。

他也許以為像我這樣疏離的人，會為這告白所震撼。可事實是，這表白於我並不新奇。老是有人對著我這樣開場。我瞭解他們的感覺，哪一天，在某個情況，我也會去找個像我這樣的人。

人們口中所謂唯一能信任的人，意思其實是，唯一無從不信任的人。相較於前者，後者不算有正面的意涵，是中性的。

如何是令人無從不信任的？那得是個不連結上任何他處的孤立之物。而與其說它是獨立的，更不如說其存在是可疑的。就像你無法聽空氣透露秘密，人們想要我這樣的人，確保他的秘密不連上別處。

像不同維度的配置，你無法從哪裡走進這裡。那像一堵牆、據於一地，和誰都無關係。可當有誰需要一扇門、需要門旋開就是異世界、把東西藏進那裡，他會需要這堵牆。

我是自願作為孤立的人嗎？還是說事情是相反過來的呢？我不屬於這裡，我身上的一切都是偽造的。人們的生活被氣流推著走，我卻收集素材、追尋秩序、鍛鍊節奏，來打造這個毫無破綻、因此孤立的生活。

為什麼會信任這麼虛無的東西，還是說我們只能在世界之外的某個點上寄放自己？

「瞭解了，你說吧。」我對H說。

先知者的處境

我決定不再見R。長久以來，與R的戀情，被我封凍於一個不屬於哪裡的空間。我創造了那個地方，如今我要離開了。

R不知道我定居的城市，不知道我的職業，甚至不知道我的本名；她也不真知道我確切年紀，當然不知道我來去於不同情人。沒有任何他人，可作為此段關係的證人。這些年來，每幾個月，我會橫越大半個島，去找她，住上幾天，只屬於她。

這趟拜訪是要傳達分手的訊息。事情已決定，沒有緩衝，沒有灰階。她不曾能偵測此一局面的到來，我像自昨夜的夢逃脫般收回情感，不再有心。

長長的路，走到終盡。車緩緩駛近，那個有著許多回憶的小屋愈來愈清晰，但於我已是冰冷。R推門走出。我停車，下車，朝她走去。她在露台，什麼都看著，或什麼都沒看，近乎茫然的天真，我難以忍受。

一時，我迷失在各種局面的設定。那既是眼前的對峙，又也是我設想的情節進展，

這就是神話中先知者的處境嗎？我預知這女子將被拋棄，而她一無所曉，仍自以為擁有全部世界。R甜甜笑開，忙著騰出位置給我。看著她，我該怎麼去感覺？該對她投

去怎樣的表情？新的時代到臨，她與她的無知將被封印。

讓R對自己生命的當刻做一筆描述，那會是什麼呢？無論她再深思、遣用的詞語再精細，它們都正在、早已、一點一點錯位，幾乎消失，幾乎虛無。

可這虛無，真是錯的嗎？終究我們的世界只是以個人的所知去展開的，不是嗎？我們可能不知情嗎？我們真不能選擇自己的現實嗎？能否有一套預先的動作，構作特定機制，去扭轉我們的知曉？

並非逃避現實，甚至不是對現實的取代，亦不指向現實的多重性，那是現實的全新發動，當那成為唯一一個真相，它且其實不曾取代什麼。因為那連動著長出去的事態，不曾爭取要作為某現實大地；人們從一片段換進另一片段，他們確實活著，可活著所在之處，不非得作為現實。

但這理論又能有多行得通？如果你們不是已分手，你們就是沒分手。如果你認為你有個情人，則你就並非認為自己沒有情人、你沒有被一個人留在遠遠的不知道是哪裡的地方。就算認識的重整能改變一個人所隸屬的現實，那到底需要他一直以如此一套機制去拼搏著界定現實。這畢竟不是自我療癒的偏方。我說的從不是逃避現實。

我嚇了一跳。就著我們所習慣的親暱，R已無止地說起話來。邊說邊笑，她的眼睛是彎的，我總說那和弦月一樣漂亮。眼神對上，我覺得自己像傳說中的惡獸，被整個叢林打量著。時間幻化為生命型態，檢視著我的變心、我的逃脫。一切荒謬地對比著我的先知處境

我說不出口分手的字句。我與R，甚至沒進屋子，在露台，共度整個下午，直到暮色淹沒。灌木叢再過去的海邊，有一波波浪，我們聽著，整塊靜謐的黑。我在心裡標記著我的依據，繼續提醒自己別忘了為了什麼而來。

浮蕩未定的

愛有其特權，飛躍於任何一筆現實的專制。愛情將我捎入無時間的場域。在那裡，人不會老，所有的夢都不顯太大，亦不遲。

愛不必是待誰駕馭的某個局部，它有自己的速度感、直覺、執拗與夢想。我不再堅持要多盡力的纏鬥，當它佔上風，就乘風而去吧。這是我的甘心。

人生的許多為難不過是些假問題，我不再盤桓於選項間，心的流向畢竟只朝向

一處。其餘的，都是自以為精明的斟酌。萬千種人生，竄動著要擁住我，可終只有一個會出線。是以，錯過的又如何？半途而廢又如何？只要我在的，正是我想要的。

我不再打起精神去做人們口中對的事情，我曾以為自己叛逆，可後來明白，不過是討厭陳腐、討厭可預期、討厭無聊。我再也無法不聽由自己的心行事。

整體的生活

接到P的電話，電話中，他語氣凝重，說想見上一面，我們曾是極好的朋友，儘管已多年沒聯絡。他似乎要解釋什麼，我打斷他，我說我會去。我立刻請了兩個禮拜的假，飛到那個陌生的地方。

突然的遭遇，我卻很平靜。P為什麼出現？為什麼非要我去一趟不可？無論事情走到眼前這一步是交織以如何緣由，對我來說，我更感覺到一份清爽。我不必虛構生活的戲劇，有個事件，它自己發生，攬我進入，我只要柔軟地順流而下。

我請好假，收拾一只皮箱，飛了五個小時，轉搭一天只有三個班次的公車，車程三小時，拖行李走上四十分鐘。那是一段上坡。坡的盡頭，有幢兩層樓小屋。路途辛苦，我且被無盡的猜測給淹沒。來到這兒的路盛滿意義，令我滿足，無論還有什麼等著我，我其實已不需要更多。

那麼一瞬間，我甚至想，這邀約是個有趣的謊言、是個基進的啟蒙施作，像是我不曾再見的老友知曉了我之於這世界的漂浮、我進不去於他人而言當然的生活、我那勉強的姿態、那麼多的我的徒勞的努力……，他窺知一切，於是布置情節，促我行動，做出什麼。他不是要我參與什麼，而是讓我自原來生活脫落。

生活滿載著兜不起的蹊蹺，原來那正是生活的本質。我以為他人都過著某種完整的生活，因此也努力要那麼樣正確，卻弄得狼狽……但原來並不成立生活的整體。

不過，整件事後來不了了之。當還迷失於思緒，我已走到P的家門口。P對於我這麼快到來很驚訝；雖然也很開心，但他否認他在電話中的口氣有任何一點嚴重，甚至說我們斷斷續續有過聯絡，只是大家都忙，這些年來才稍微生疏。

他很訝異我的反應，他說難道他不能突然想和老同學見上一面嗎。我們吵了幾句，但也僅止於此。P招待了我一個平凡但開心的週末。

不知道為什麼，回程的路很平淡。來的時候的心思，一點點都沒再湧上過。

我所進不去的秩序

N說他要結婚了。他讓口吻追上內容的戲劇化。我給不出夠格的回應。N的語調起伏是我陌生的，其中有個被旋開的亮度，我還沒能穿透，他收束空氣。我突然清醒。

N和我曾一同經歷許多事，對我們而言，除了彼此，這世界所剩不多。那時，我們都連不上現實中現成的點，和人們隔著什麼，無法親暱。我們為此憂鬱，只有和對方在一起時才獲得緩解。我們重視彼此的話語，激盪想法，由此界定共享的生活的外廓，抵著外頭。封閉的天地，滴水不漏。

其實，所謂對現實的切割，不過是一廂情願。我們愈想把他人當作佈景，我們就愈不在那裡；可若我們真不在那裡，我們可能根本不在任何地方。這樣的我們，會有可以永遠待下的地方嗎？我重溫著那些已生疏的辯證。

……我要結婚了，N說。那麼，是了，我們曾追問的問題，N已有了答案。有那某個地方，他正走向那裡。

N要離開了。我感到迷惘，某種挫折感。很抽象，很蒼白，儘管並不深奧。那像是個有解、我卻解不開的數學題。面對著空白試卷，鈴聲已響，教室人群正在散去，是那樣的被排除在秩序之外。我感覺著這份相對性的孤單。

不，那更是，一個有解，且我終於解開的數學題，唰唰寫完，交了試卷，和所有人並肩走出教室，鈴聲大作。我邊走，內心卻漩起空洞，無法回溯自己是怎麼解開那個題目？

我知道那題目後頭有個秩序，我熟悉那個秩序，在裡頭優雅穿行，可我不知道那是什麼。我無法知道那是什麼。它不屬於我，它終會離我而去。所有不屬於我們的東西必定離我們而去。

我將認清所謂擁有，所謂在什麼裡面，只是幻覺。老師抱著整疊考卷，愈走愈遠，我的考卷愈走愈遠。我該讓那題目敞開的，我該承認我不擁有進出那秩序的權限，可我沒有。

我瞞過所有人，現在，我在整件事裡頭了。我會隨秩序的爬升，去到很高，然後在那個終究到來的更之後與最之後的時刻，泡泡破了，我從極高處摔下。我不在地面破碎，我在中間就消失了。

接起N的電話。掛上N的電話。感覺回到高中教室騎樓。陽光豔好，全幅光度。我深深地痛了起來。像是外星人收到了電報被要求立刻返回母星，可我眷戀這裡。

魔術師與他的觀眾

我無法直接對妳說話，我只能繞很遠地去說，以確保妳不會聽到話語本身。在妳和它之間該有個正確的迷霧。

繞過正確的迂迴，以剛好地接上妳。這是我要給妳的。我要說的東西，不具有可被直接聽見的形式，我只能創造、確保某種迷霧，像是魔術師與他的觀眾。

巨大開關

今晚看了場表演，落幕時，我還想著很多，在感觸中遺失自己，還找不到身體。突然，會場的燈被全部打亮，鏗鏗鏗，方才的晚上，落在眩眼的蒼白彼邊。

我發現自己在一處無聊的多功能空間，它可任使用者需求變成任何模樣、流露各種意味。無動於衷的空間令我覺得被騙，我的酣醉，原來是指定好的流程。

我不禁疑惑，這樣的夜晚，還能不能算得上是一場夢？

關於過去的幻視

今晚，我主持的公司餐會來了位不速之客，壓低的帽沿，全黑衣著；不打算隱藏的笑意盪開，鼠灰色的氣流紊亂了起來……。這個熟悉的面孔並非來自我的故事的起頭，他來自故事的他方。

T曾是我的研究夥伴，我們一起嘗試過也許是一切的事。直到分手。那之後，世界像書的全新一頁，不，是另一本書了。我們在分開前或有過爭執，或默默走離。我不記得了。

我仍會聽到他的消息，聽到被轉述來的他的話語，那些話透有刻意的不著邊際，足夠讓我知道他是說給我聽的。他想確保我收到訊息。可那是為了什麼而透露的訊息？我沈默收下，不論那訴說的是什麼。但T的侵略也僅止於此，我們不曾出現在對方的生活。可今晚，這份最後的禮貌，或什麼，被破壞了。

你來見我，就在當場。你在人群裡，看著我的扮裝，看我假裝成另一個人，而你知道我只能是原來的自己。你朝我笑，不住點頭。我逗笑了所有人，氣氛那麼好，你誇張地鼓掌，朝我走來。我逃走。

作為某種活物，人似乎該充滿遷變，可關於歲月的觸感，當再精細的紀念物只能標誌片面，哪段日子裡的某個人，卻可以為我們做出全面性封凍。

那些從時間遠方跋涉前來的人，他們的容顏被風吹散，在我們面前重新聚合成我們自己。那張臉，不是年輕的我，亦不是此刻的我，而是早時的我被真空裝瓶、於幾十年後開啟、的模樣。

人能否擺脫自己的記憶？又或者最難卸除的正是年少的銘印？那時我們對世界沒有防備，周身的天線探出，接上生活每一筆漶動。此些觸感俱以最原始的樣子被攝入，難以被兜起一落有頭尾和邊界的情節，我們因此難以擺脫它們。可也正因為這樣，它們並不真的必須被擺脫——那畢竟是些蓬鬆的、霧狀的情境，無法成為事件本身，無法成為某種起源式的陰影。

成年後的銘印，不再這麼廣闊。之於與世界的對峙，從兒時的無際而靜止，轉為悍然的筆直的路。我們走上彼方，細節被織起：先排除視野外的事物，接著由合理與可欲，為被選進的事物排序，使各有職司，主線與副線、果與因……。再來，就有了「記憶」。

情節推進，每開啟新一階段，早先塊落就崩塌，彼些日子變得弱勢，不可能透出原色。我們其實並非真的從「過去」而來……。

此一階段式推進，一個又一個回合，模式毫無熱情地重複，每個體被置入漠然。……如何擺脫記憶？若真有必要，剔除那些偶然閃現的事項即可，幾個元素圍不出一段情節，沒有情節就不會有可生根的記憶。

可這適用於我嗎？這是否正是他欲確保的？他要我改動不了往事。

分別之後，T與我並非表面上看來的，兩個人、在兩個地方，兩個愈滾愈遠的線團。我們反而愈來愈被纏在一起、纏在過去。

當擺脫不了T存在於同一現實，我就擺脫不了對過去的幻視。總是沒來由地，我會為如此之圖景所淹沒：我看見那個與T在一起的、如今卻未實現的、為某個可能性所搆及的幽靈的我。那個我，是篤定的，在他心上並沒有另個幽靈的自己。

像是此刻的我其實從虛空，乘上例外的火車，自那裡爬出世界線，我偏離了一吋吋長大的紮實的自己。幽靈的我，仍在原來的地方活著，我們是出生後被抱到不同人家的雙胞胎……，不，應該說，我是科幻電影中的複製品，他感覺不到我，我卻活在他的陰影底。

如果不是我這位老友如影隨形的逼迫，按照記憶的慣例，我還會掛念得那麼多嗎？

早已沒有任何人事物可作為回憶的支點了不是嗎？……我不自覺地往人群中找尋他方才的笑所留下的餘溫，像找尋一扇穿越什麼的門。

無窮甬道

常去的小酒館門口立貼了告示，說包場，當晚不營業。無視告示，我走了進去，混入他人畢業三十年的高中同學會。若無其事地取了杯酒，在我的地盤，到處晃走。

我謹慎但熱情地聆聽，嘈雜中，循線抓住一條與另一條敘述，它們起初是一些並非不尋常的關於某人某事的打量，可很快將揭曉，這些段落並非隨後故事的伏筆、不是繞弄玄虛的起頭，它們在開始的地方，就此結束，形成神秘光點。

然後是另一人，說起另一件事、吆喝著一同端詳某個什麼；再有另個人，說起自他開始的新一件事。

聚會上轟轟響著，全是內容，那不是一千零一夜的故事接龍。他們先是不打岔地讓對方說，當換自己，說的全是和對方講的無關的事。接著換回原本那個人，或輪到另一個人。但不管是誰，接下來被說出的，又是跟對方、跟說話的誰更早之前講的，毫無干係的東西。

我想起了我之前作的一個夢、我一個人的時候啊都做些這個那個、我忘不了那時誰誰誰那句玩笑話、可不是嗎我還記得剛知道什麼時有多興奮、像以前那個誰啊常提到的哪件事、對了那個旋律是這麼哼的……。那某些誰的老朋友們，這麼說話。

然後他們說起離別後某個在場無人可作證的遭遇。未察覺間，全部人已加入這個飄渺的敘述馬拉松。

茂盛、蔓延、不可收拾的話語，像是若非如此就無法一路到底。……酒館裡音樂響亮，夜晚才開始，我感覺不到那是怎樣的一些活過的往事，而是一些人在他們某個太愛的夢裡頭。無窮甬道。

話語大量流出，故事的旁枝、故事中的故事。同學會不過是個託辭，想他們來到這兒，為了這樣一份迷信：對著不再相關的人，起一個新的故事，無盡訴說，磨蹭細節，就能獲得正當性，所有的故事都將成真。

梳理著，觸著夾層內的夾層，被圍在正中央的人，與誰分享現實。他有把鑰匙，可以打開鎖。然後他旋開門，門的彼邊是值得的人間。

自我竊聞俱樂部

老下不定決心該怎麼處置年輕時的日記。讀著不易辨識的字跡，走上鑲鏡的長廊，每段落互相倒映，再由不同角度啟動新一張映射，這些圖景在最相像時亦並不相同，在最不像的時候，仍通往同一所在。每幅決絕的映像，互為原初場景。

這些簿記提醒著我，並沒有什麼在這個之外的現實——人可以孤獨，但必須搞清楚相對於什麼。

潦草的註記，幾筆帶過的瑣事，碎片被歲月兜成情節，每段落既是有前提與終極啟發的故事，亦作為某個唯一的現場。線索永遠是新的，不同地讀，就有新的演繹、還未記得的情感。已經過去的日子，還沒正式到來。

事情被持續後設，愈來愈可疑。每筆腦內遭遇是自主的嗎？夢如此滑溜，何以服務給清醒時難以避逃的陳腐？

一個個原初場景的並置，表明人可以如何非關自己，卻標誌不出真正的初始之處。生命無所依憑，比起空蕩、超載與多層次，更能定義虛無⋯⋯。我所在的成長旅途原本那麼安靜，可此刻，卻填滿了彼時的我認真記下的誰的話語。像是真的聽到、說著什麼筆下的我們，對所有事都插上話。突然開始說，說得忘了當場任何存在，又在某一點上岔進別處。或有人追問，剛說了一半的故事後來呢，卻要發現自己已不在早先的平面。先是不知道我們之中究竟誰才能被稱做清醒，接著，每個人聽與說話的人，被平移到各自的介面。

冥河的航行。野性思維的著火。哪些遭遇來自不同層次意識的想像，哪些來自幻想？釋放的壓抑、杜撰的創傷、待詮釋的迷夢、過度詮釋後的迷夢……

那個聆聽與回應的我，套進哪個角色，去延伸或補償場景醞有的意緒？會否我宣稱遇到的全部角色，每個都是我？一場假面舞會、一個多重宇宙會客室、一系列巨型會診。一個終極的自我竊聞(self-overhearing)俱樂部。

或者，儘管裡頭有個形似我的人物，可那不過是方便的形象套用，真正的我，據著制高位置，煞有介事地品味著。一如，再一個真正的我，在這裡。以我的寫下，確保那個某個失落或不曾發生的某個人的故事，被凌駕於他的生命，傳唱下去。

互相通往的無盡階梯

「怎麼樣？我的提案有什麼過分的地方沒有？」

客戶把椅子搖得嘰嘰嘎嘎響，用手掌心按住下巴，好像要把沒刮乾淨的鬍子硬擠進肉裡面似的，然後才回答。

「……這次的變更是相當本質上的、根本上的，因此……」

「我明白。是很大的變更哪。無論怎麼說，第十七室要改成交錯……這道面對第十八室的牆，您說無論如何要把它弄得跟社長室相鄰？」

「對，對……」，客戶拿著手上把玩的沒點火的香煙頭，反覆在圖面上打圈，小聲發出高興的笑。

「問題是，這社長室在三樓，而第十七室在二樓呀！」

「可不是嗎，要讓二樓和三樓的房間變成在隔壁，恐怕要用相當困難的技術吧？」

「那已經不只是困難而已。」

「可是您一直替我們解決了形形色色強人所難的委託。」

「來看看圖吧。這是橫斷圖。」

「不錯，像樓梯一樣哩……這地方，是這條線的延長……咦好奇怪啊，那這條線呢……」

「是這邊的延長。」

「那麼，這到底變成怎樣一個情形呢？好像在樓梯的背後還有一個樓梯似的……」

「是的，若打算不要經過二樓、建造裡二樓通到裡三樓的路，只有這個辦法。」

「究竟為什麼有這樣做的必要呢？」

「看吧，連客人您都覺得奇怪了。總之，若要把毫無計畫、一個接一個持續提出的變更全部忠實執行的話，自然就會弄成這個結果唷！」

「不是毫無計畫的。」客戶的表情，第一次露出緊張的神色。

——安部公房，〈打賭〉

妳央求我說些什麼，說個妳的故事。但是，該從哪裡起頭？我們最初的相遇？第一次接吻？曾想像妳是怎樣的人？我們曾對彼此做過的試探？以妳為主角，最美或最惡的一場夢？……我們隨時可以聊起什麼，但為妳說個故事，卻是另一回事。

為妳說個故事，說個妳的故事，然後我將只能以這故事來記得你。慢慢地，很快地，我要忘記這之前的妳的樣子，忘記為何從妳起頭，開啟一個故事。

所以我得說些別的。起造一個超大型敘事，纏繞彭羅斯階圈（Penrose Stairway）的封閉迴線。互相通往的無盡階梯。不可能的空間。開到荼靡的秘密。

發動一幢巨大工程，殷勤工作，熱切等待。特別是這樣的想念妳的夜晚。妳的臉容變得模糊，爬滿不同事物的各種細節，全部的空間。

託稱為譫妄的咒語

小餐館中，V沒動面前的餐點，顧著說話。一點沒停地說著她最近在公司遇到的事，愈說愈遠，涵蓋了公司以外的世界。一個第一人稱的故事，密閉而懸浮，顯得可疑。

我留心聽著，可太多細節，因與果被做出各種形色的收束。我想不通哪裡來這麼龐大的敘述。

V在作什麼？她想要什麼？歷史的巨型織錦，千萬個意念與餘緒。……眼前要把故事淘洗徹底的V，是否也為該個時空所含括？V與我，正據於餐桌兩端，此一畫面，也在那全景裡頭嗎？

故事愈大，愈非關真假：託稱為人生內幕的夢，託稱為夢的譫妄，託稱為譫妄的咒語，沒有一件事是所它們自稱的樣子。可在一切的下頭，確實有個什麼。

終究，V的敘述並不取代原本的現實，而是對它做出破解。故事中有故事，它們不曾在時間與空間之外。但真正迷人的，非關該故事之真假，而是它讓這個現實可以是假的。

戀情的字彙是否早已列盡？

系統究竟有什麼可吸引我的？又是什麼東西使得我被拒之門外？

……我幻想著要從體系中得到的東西其實不值一提，我希冀、渴求的東西不過是一個結構。當然，並不存在什麼結構的幸福；但任何結構都是可棲居的，這也許是結構的最佳定義。我完全可以在一個並不使我感到幸福的地方安身。

……說到如何維繫這個系統（唯其如此，系統才是可棲居的），我甚至生出一個變態的趣味：柱頭隱士達尼埃爾在他的圓柱上不也生存得挺好嗎？他把柱子變成了一個結構。

——羅蘭．巴特，《戀人絮語》(*A Lover's Discourse: Fragments*)

那天當她終於抵達，距離約好的時間已晚了許多。或者我並不真等了那麼久？我早跌入沙發沉睡。門鈴響起，她出現。一見著面，我板著臉數落她如過往的散漫，可也心虛地抹抹臉，怕洩漏了眠夢的痕跡。我究竟睡了多久？

但這一切波動無從牽動她。面前的所有，與我，與我們的過去與此刻，從不牽動她。來了！我最熟悉的風景——她環顧四周，漠視橫亙的時間空間，滔滔不絕說了起來。

我讓她說。多年的不見也不聯絡，非得這樣過份親密地，重回我們曾一同生活的小屋，不就是為了梳理愛情的結？或者應該說，讓她梳理，看她梳理，然後我可以如穿過最細軟的髮絲般行經其中，將往事忘記。人們會記得的，從不是順順走過的路。

她沉醉於往事，我沉醉於她述說的此刻。也許這是我們的癥結，我們始終活在不同的時間區段。而也許我們何以牽扯不清，是因為我們各執一方，互補地圍出一個密室。和妳之間……。看著她幻變的唇形，我迷戀地想念，整段愛情，瀰漫著「說」心動的氤氳已然籠罩，啟動了思索、申論、申辯。醞釀著，蒸騰了，遂忍不住說。說、說著、說了，我們的戀情是怒放的花園。

但那每一株紅與綠，斑斕的蝶，不真是話語。她揮霍的絮語，不曾是給我的訊息，它們一點一點建構了全新與更新的她。

我咀嚼所有心碎的瞬間，那些字句或有甜蜜，但不曾朝我而來。她愛糖果屋般的戀愛場景，卻不需要得附贈個糖果先生。

貌似回憶的畫面，劇景敞開，轉動，語句隨語句，繚繞地唱，特定的情態被賦予血肉；但唯一在旋律中款款現身的，只有她那多層次也多面向的自我。

你記得誰說……，有一回我跟你說……，對了那次你說……，她急切地說著，但喚醒的只是她曾經的說。似乎是打起精神的思辨，似乎是喬裝為說理的多愁善感，有時是複雜的自戀。可到後來，都不是。當愛情中的說，一場換過一場，魅影獲得體量，顯露了某種……幾乎愛了，的本質。

我想這也許是何以我們總直覺到挫敗。她愛過我嗎？妳愛過我嗎？

我想，在她心中，戀人以其存在寫定彼處，召喚從這頭往那頭之朝向的姿態、朝向的行動。對她而言，話語足夠作為某種朝向的動，一具陶然但又清明的靈魂，栽入對方懷中。……可於我，她的話語中不會有我的身體，沒有我的身體就不會有真正的擁抱。而我需要那個體溫。

我不住笑了。她皺了眉，但沒有遲疑，字句繼續流著。

她的每一筆釐清、每一筆強調，每一筆抱怨和申明，都給我似曾相識的迷亂。她曾說過嗎？還是這些話語潛伏在我們的關係，一直在等待被點名，迫不及待地唱出？

戀情，或任一種關係，曾否作為結構性的存在？結構是否支配了關係底人們的期待與行動？結構能先驗地決定所有故事嗎？我們能選擇自己的台詞嗎？戀情的字彙是否早已列盡？還能期望發揮創意嗎？我的愛何能怎樣稀奇？

我欣賞著，她被汗珠滲透，一點一點變得透明，卻還用整個生命在唱那首我覺得早聽過的歌。她的奮力令我困惑，這種對於愛情話語的瘋魔，是太愛我，或不曾愛我？

我感覺心疼。心疼她對抗著關係底已然的流動。她賭上生命地抵著。

我難過地想起一件事：很久以前，我們會坐在公園，那裡有好多情侶，我們好笑聽他們說話，話語的意圖與意義俱是渙散，之於其所宣稱欲給出的訊息，那些認真的話語其實無效。戀人們說話，不真是溝通，那些話沒有要被聽見、無法被聽見。熱戀的鳥兒啊，比肩地唱，假裝傾聽、假裝和音，以交換讓自己唱得更多、更大聲。

然後她會說，愛情就該是，兩人一起，安心地各說各話。她轉向我，有一天我們也會，你說那還是幸福嗎？當然。我說。像個承諾。

可後來的情況是，我從沒有那麼多話可說，那讓她無法安心地說、說更多。話語如浪，將她從我身邊捲走。

她漸漸著迷於這樣的迷信，情人間的絮語不是結構的填充或剩餘，而是結構之起造依據。話與更多的話，恰恰是唯一堪對抗著愛情之作為某種一切落定的已然與了然的東西。

相對於意念，結構是概念之早，卻是時間之晚。結構使意念獲得形式，卻是意念為結構注入靈魂。當愛情還未成立，那就無法是愛情；當我還無法作為我自己，便無從成立我愛你。我說故我在，我在故我愛。我說故我愛。你呢？她問。

我很憤怒。我不發一語。她說那是愛消逝的證據。但並非如此，我只能這樣抵住她的話語，我才能存活，繼續去愛。可我亦不說出口。

無曾有物件外邊於結構呀，無曾有場景不屬於命中之劇，她充當自己的悲劇歌隊，悠悠地唱。……停下來！聽聽我！就算我願意讓步，同意愛情是幽閉恐懼的結構習題，可我依然認為這樣的努力應被容許成立，即是，倒轉地，將觀眾席由現成的邊線彼側，移入此側。

是的，愛情可以是個結構的題目，可那會關於結構的裝配工程；動態的、熱鬧的、嚴謹但依然有趣的。

我常回想那個時刻，想搞清楚，終究我的緘默，是促成了她以為的結構的凝固，還是投了不合作的一票？但會否無論何者，她總是又被推得離我更遠？

你老什麼都藏在心裡，跟你說話，半天也沒有回應。她說。中性又威嚴。我瞇著眼看她揮舞的雙手間一處空白。

表面上她似乎善說也願意說，然而，關於語言，或有幾種解法，一是單向度地牽曳世事運轉，是現實無數部件其中一項，絕不追問太多，小螺絲釘地支持日常的前進；一是鎖進人與人的對壘，窮盡語言之作為人際中介項目的內涵，可以是辯證的（逼出單一話語的最準），可以是揭露虛無的（語言畢竟永來自無言之處）；另一，是單口的，讓意念轉進語言的邏輯，將內在性漫漶，間隔出立體層次。……我們之中的說，是否發揮效用？正確的效用？

人們很少只是想，每一筆思索，起了頭，就被迫要述說，有聲響，足以改變什麼。說、說出、說了、還說著，意念獲得外部性，有先後起終，有延續與間斷，有近，有遠，就為邏輯格式所統御。我總認為情人該出席彼此的腦內活動。我以為我作為傾聽者，已榮耀了她的說話盛典。我以為她不知道她究竟需索什麼。

她的話哪，她以為那就足以作為被肯認的這個世界上的一筆存在。她說、說出、說了、還說著，那每一筆的說，關於每一筆上一筆的延伸、補充、轉進、反省、回應、質疑、改變主意……。

我不是說我寂寞，我沒有說她忽略了我，我只是會想她明白，我不能說；一旦連我都投入述說的工程，會改變她以絮語創造的形構，而那是我們共識的唯一國度。

無邊的日常底，語言不再是語言、不只是語言，我聽她說話，就是貼著她的心跳，它們有起有伏地織成地平線，包覆著我們。這難道不正是語言最素樸、親暱又也深奧的一面嗎？

我在我的沈默中，獲得甜蜜，寄生於情人的靈魂。我不要更多了。

妳得聽聽妳都說了什麼。讓我們一段落、一段落來讀，妳可知道在那無盡的話語中，妳已勾勒了輪廓，內或外，逼我選邊，那是「何謂語言？」的選邊。

像是唯有一直說，才能朝向完滿。就算述說多半給出誤解的邀請，話語者也就接受了，然後這麼自問自答下去……。屋子一片安靜，她接下去繼續說。大量流出的語言，國度誕生。我迷失在幽閉與空曠間。

話語最純粹會到什麼地步？該是一部百科全書、一部辭典，而不是一部小說。

我和她一起經歷了許多，從年輕、變老、再老一點，可歲月的疲態沒染上我們的思緒和語言。若有部機器錄下這些話語，重組段落，也不會顯出時序倒錯的混亂吧？

我們以這份純粹超越了時間，可也正是這純粹讓我們從時間遺落。而時間，一同度過的時間，曾把我們綁在一起。沒有時間就沒有情節；沒有情節，還能是愛情嗎？

又或者，就像一部作品，我被讀，故我在。任何寫作凡與讀者共享一段遭遇，再迷濛的字句俱要踏實。欲定義愛情，或非就著裡頭的細節無限前進或後退(infinite regressive)地鑽研，而只是單純的：你的對手是否存在？這非關他是否接受了你的愛、非關他是否認同何謂愛，而是，他，是否存在？

我們不必看到兩個戀偶，才知道關係發生。只要一個戀偶，的一句話，愛情的開幕便證據確鑿。已經愛了。已經愛了。

我再度燃起希望。……那裡，是一些並不寂寞卻很孤獨的白日，一些踱在原地的踏步，一些幾乎要激動卻又惱人的優雅的凝止。懸浮著的，是愛情發生時鎖住的空氣。

我摀住她嘴，她掙扎著，還想說。可我們靠那麼近，甜膩的膚觸那麼熟悉，她眼中有困惑。除了妳和我的心跳聲，妳什麼也沒聽見。她笑了。

橫搖地拉開構圖，上頭每一筆，縱著，深著。親愛的女孩，每一回包含了妳與我的場面都如一座森林，一場雨。一張平面一落紙，卻複層有一進與下一進。這是最好的故事的模樣。這是那種最難也最完全的愛情。

愛情可以是史詩跋涉，也可是一樁棋局，形式非由制高處指定，當一句話，為了什麼而說出來，此一為什麼，便寫定邊界。戲在裡頭長起。事項咬合，綿密地轉。虛設地問，卻認真答。宣稱要退，竟不斷挨近。

別覺得孤單。妳的話語非但展示了愛情之戲劇，甚是愛情的自我戲劇。一如我靜靜想著這些、想著妳。我們擁有對方，在此些雙層場所。

從非世界太新，而是話語太舊。許多東西，沒有名字，然後我們用手去指，發出艱困的喉音。素樸卻強勁的聲響，對著未獲得更好表述的世界，對著太舊的話語、未被釐清的情感。

她又說起話，一邊在房裡迴游。我跟在後頭，瘦小的她輕易穿過的地帶，我追了上去卻被絆住。我踢倒立燈，撞上門，轟然巨響。她停下話，轉過身來。

我喜歡這個新創造的現場，這裡忙碌卻不生產訊息，沒有思維標本，只有一檯檯活著的力學。我的情人與我，不編撰虛無的詩，這是一個短兵相接的愛情的理論。

我心上有感動。一段愛情由此成為某個文明，絮語的交換，為空無注入流動。那個非這麼繼續下去不可的固執，在歲月裡行進。那有它的徒勞，卻因此繁花盛開。

……有時是風鈴般清脆，有時是蟬鳴的急迫，絮語設寫結構，可自身亦飽含靜默，亦進行著自我破解。這不是同質異構的來回繞換，而是結構的自我揭發。

說出的字句不是沒寫出的字句，做不到的事不是沒做的事。物質不滅，作者不死。在這個下午，愛情被不斷確認與全新確認，她無盡的話語沒拉我們靠近，但也非將它們自己割離，這一切都在領我和她超越地前往那個此一愛情現場裡頭可實現的他方。

在那裡，我們無法獲得崇美，卻能無限親密地，一次次試探與重來。我鞠躬謝幕，無限感激。

她走到落地窗前，整了整厚重的布簾，拉開。太陽點亮客廳，燒竄著。金色的她，金色的我，一齣無中場的戲。

「總是如此！總是如此！你從不聽我說話！」長長的尖叫將世界撕裂。我發現自己為一份極濃郁、那種幽冥與現實間無可能穿透的混濁空氣，給壓著。像個溺水的人。可我仍然（一如一直以來），把照顧她當成第一要務，「怎麼了？我在聽呀！」，我說，要將世界黏補回來。

「你再這樣我們遲早會分手的！」她打斷自己的尖叫，冷冷地說。

可誰能殺死已死的人？分手的情人如何再次分手？

我不知道是我做了一場分手多年而後重新聚首的夢，還是她用話語迷宮重新擬造我們愛情的結構。我不知道那些來回的述說絞纏，是真的發生過，而後一點一滴掏空了整段感情的現實性，又或者它們的層層疊疊，其實是我們感情中唯一沒被歲月所侵蝕的堅實。

愛情話語的浩繁，是給了我們無限穿行、永恆迴歸的特權，又或者是那只是一個複雜的咒語？咒語說，讓人從愛情裡消失，當話語只記得話語，愛情將永保純淨。愛情自有一套魔法，提煉它的不死靈魂。

霓虹的好戲

我不知道怎麼過平淡的日子，任何一種過度，都令我心動。挑釁的、張狂的、浮誇的，所有刻意為之、不得不然，長驅直入的囂張。歪斜得太多，不願收斂，無可能收斂。我這樣裁縫生活的模樣。

找不到夠格的遊戲，就造一個。變出一齣齣瘋狂的自我戲劇。我虛構起又真又假的狂熱，讓意義流淌不盡。更多的話可說，更多獨特的記憶。

我與人同在，卻把他們當靈感。對著誰，無中生有的狂熱。情感是深刻的，卻非如我宣稱地真要遞給場面中任一人。

我與妳交手，像個好理由，佈設一樁閃爍有霓虹、熱燙的情感好戲。往後的每一場，我要妳，陪我繼續開啟新場景。沒完沒了。高潮之後只能是更高或全新的高潮。

各種人際關係都是充分的環境，有明確的彼方，才能以情感要脅。……這一天到來，妳獲得欽點，陪我極大化這齣飽滿的我的自我戲劇。

妳為此著迷，渴望更深的獻身，妳仰頭看我，還能如何配合演出？妳問。不！妳配合不起。妳已被設定為忠心的觀眾，妳的任何反應不用來解開情感的糾結，而是確認我的表現。是的，妳只該這樣入戲，在我的場景。

人之作為一個人、單一一個人、唯一一個人，之生存狀態，所能感受到的幸福，和與他人共同擁有的幸福，這麼樣相抵觸。

作為一個人，我需要各種各樣的破碎，各種各樣的絕望，然後，在死盡的灰燼底，一陣幻影的光焰，浮動著。幾乎湧出，又刁鑽退逝，不曾獲有輪廓、正式被看見。卻足夠成為一個印象、一個記憶、一個希望。是那樣的東西讓我和活著、活下去之間，得以相連結。不脫鉤、不消失。

人際，太常只是由單薄情緒所銜起的網，不該太勉強，不准追究，人們等著進入後頭的階段，一個結局，溫潤的平衡。……這是生活的一大部分，可光有這個，我活不下去。

我得創造一些場景，瘋狂又危險，不做到最華麗就無法呼吸，那樣的對生存的恨與愛，而無論妳是否在那場景裡，這都與妳無關。

露台標本

許多像這樣的下午，我想起學生時代的一個人。

那時我租屋在學校附近一處社區。無分四季，那兒的空氣瀰漫有某種遲疑。離校園近，卻不太有年輕人的蹤影，少數在這區塊租屋的，無論有課沒課，都急急往外頭跑。這一帶，只有幾代以來定居的居民，他們有著相仿的猶豫感。

我住的公寓的一樓是家咖啡館，還辨識得出更早幾十年前時髦的痕跡，但當年，就只是飄散著料理包餐點過分均勻的氣味，間雜微弱的咖啡香，一個缺乏存在感的地方。五十年前就去那裡的客人會繼續上門，老闆也一副會營業直到世界末日的樣子。

唯一的例外，是長年坐在咖啡店露台位置的某位常客。這女士很客氣，但不愛說話，無論晴雨，永遠穿得繁複高雅。

大家都說她神秘，但我想，並非她真在藏匿什麼，而是那社區從來只看得到浮在表面的東西，無法立刻辨識的東西，就顯得可疑。從沒人真去追問她什麼，她直接成為人們眼中一個零度的存在。但這或者恰是她何以待在這裡，真在乎秘密的人，不要多高明地包藏，而是更先一著棋，他們讓自己不被感興趣。

某一天起，我們聊了起來。那天，她經過我的位置，這天氣非得坐外頭哪！她說。

我曾想過太多她的謎樣，那一刻，被她那無掩飾的氣質給嚇了一跳。我察覺到她毫不害怕我或任何人的任何想像，一種近乎不在乎的不害怕，她知道自己遠超出這些東西。這一點驚嚇了我。

我們成了忘年之交。讓我們一見如故的，是我們自覺不屬於這裡，卻又在這荒漠中找到一種自由。這是她對這友誼的評論。她說的或許不無道理，但我更以為自己受這裡吸引，是由於我感覺得到，唯有如此地方，才會吸引來像她這樣的人。直到今天，我沒在誰身上看過這種魔魅。

那些日子，她每次一個段落地接龍地講著同一個卻又並不同的故事給我。她的人生，她的夢想，她的愛情，盡是獨立段落，卻又由某秘密意味，串成好長的線。我們每個禮拜見面三或四次，直到我大學畢業。

離開社區後，我不曾再見到她。或其實在更之前，她就消失了？隨這女士在她自己故事中的模樣愈烙印給我，實體的她的身形、她的聲音、微微的憂愁眼神，愈像個影子。……多年來，我想把我們之間的事整理成一種說法、一個概念，卻始終差了一步地無法抓住。

那些年在咖啡店露台的談話，故事的傳遞方式，不是時序性地從頭到尾，不是打開一個個檔案匣那種會診式的，它接近循環式的輪廓。我們不停來到此與彼個情節段落的收束點，蒸餾意義。所有的意義，隱喻地交會。

她似乎說著故事，卻更像是以迴路一次次去保證某個無限環繞。她領我上路，我們穿過一個個各自成立的平面，再回返初始之處。

每完成一次循環，由我的回應，故事會透露自身的缺口，她將針對地處置。因為這樣，與她談得愈多，我就愈難記得我們共度的日子如何作為單一一個故事。

自那時起，我不再相信隔過一層以上的二手敘述，面對他人，我親自勾勒每一幢關係的邊界，設計專屬的敘事裝置；事實只能這樣產出，我只相信由此而來的東西。

多年以來，我不記得一切，讓我掛念的與其說是那位女士，不如說是那些故事的魔法源頭。我變得敏銳。沒有東西可阻擋我的洞察。我還在同一世界，卻被觸動無數新的細節。……我也擁有了那種通過砥礪他人靈魂，進行採集，所錘鍊的魔法。

許多像這樣的下午，我想起那位迷人的女士。我們曾一起鎮壓了時間，令其轉向，令其逆流。隨時間跑得更快、更多，我們更結實。我跟她學了很多，想她或在另一個地方說著同一個故事，且必定要加上我和她這一段。

想她永恆地活著，可我已慢慢耗蝕，我想，我終究不能如她那樣繪製這個世界的標本。

沒有答案的謎語

> 剛開始我以為他是個非常沈默的人，不過實際見了面談話後，我以為他對我所說的話只是「啊，是嗎？這樣啊，那真有意思。」地聽著而已，下一次見面時，卻把自己的意見滔滔不絕地說出來。
>
> 今天是聽的日子，今天是說的日子，完全分開。聽的日子與說的日子，眼神也完全不同。
>
> ——村上春樹，《村上春樹去見河合隼雄》

主動說話對我來說是件愈來愈難的事。當有人對我說話，我可以入戲成為他的某個反響的自我，在那裡說話。結構是清楚的，談的是對方感興趣的題目，對話裝置啟動、暖機、轉了起來，將彼此包裹，愈來愈確鑿。

但主動發話，說自己的事，卻是另一件事。我需要對方進得來，很舒服地在裡面。一邊說著，整路想辦法保護對方，沒有張力，沒有懸念。

我不輕易開始說，得等命運打開某非說不可的時刻。那時我將傾盡一切，不停止也不轉彎，從頭到尾，清理所有的邊角與渠道。

準備好了我將開始說，把在場人們全變到新的國度。新的烏有之地，沒有懸著的空白，一切現成而剛好。

繞著圈的獸群

我在一場提案會議裡，對面是一群位居權力高處的人。

這些人來自錯綜體系中各單位，他們之間原沒有明確的階序，但當有我作為會議中唯一弱勢者，大家也就有了共同參考點。他們對我加諸局面，多個局面拉扯著，原不可共量的一系列身分，獲得由強到弱的級別。

會議中的角力，每回合結果是獨立的。每一次擂臺都是一次全程的活著，人們活在這區間，在場者攪進整池惡水。

這樣的周旋是我生活中的慣例場景。年復一年，拆散重組，出現在會議的是差不多同一批人。他們彼此之間、他們和我之間，同樣的停滯，同樣的動能，繼續行禮如儀、像在籠子各倚一端、緊盯對方、緩繞著圈的獸。

我們一同歷經許多，他們藉著羞辱我，巧妙打壓他們之中另外的人；被攻擊的彼方，踐踏我，朝對方宣示復仇。另些時候，密室的保護，腐化蔓延，全部的人一同把玩著攤開的資源，滿桌是友善的笑。

在裡頭，我感到可悲，又有身處文明中央的繁複甜味。我曾以為這足以說明人性的複雜，可終究它只是某種共謀的墮落。

完全性環境

今晚，為了些瑣事，與M在餐桌上吵起來。總是如此，我感到疲倦，人與人的關係，明明該是個獨立宇宙，但人們老牽扯上種種無關的。

妳與我，一個舞台，我們追尋的不只是對壘的最佳解，而是終極的平衡——動態的、會呼吸的，可胃納不平衡，之平衡。

設定條件，全部滿足，界定一個獨立環境。它必須被系統性打造，它得滿足其中每個人的願望。或短或長的會面，每次都是度過某個規模的人生。我們一起生活，直到新的舞台取代地來到。

M挑剔著事項，她真以為我們的日子建立在單一平面？人與人的相處，難道不是永遠關於多層次的為難？重要的從非情感的轉折，而是找出裂縫，一同撐開屬於彼此的完全性環境。

小餐館的親密

縐而亂的床縟，和著洗髮精與乳液的氣味，空氣冷冷的，浮動著昨夜或更早之前的呻吟與夢話……。我常光顧的小餐館有份親密感，滲入給來訪的人們，使一再上門。人們每次到來，再留下觸覺與鼻息，日日絞緊。小餐館像個補夢網。

客人之間，或與店員，未有情誼。儘管找在每天下午到來，點相同的餐食，附加相同的叮嚀，店員亦每回都像是第一次迎接我，他們側著頭，嚴肅地聽取我的需求。老坐我旁邊、比我早或晚一點到來的女士，收進手肘，對我露出遙遠的笑。

我們心裡或明白些什麼，或沒有。也許親密感是場域中的海，非關個體，餐館中不曾有所謂一人與另人的親密，我們只是同一鍋濃稠的湯，懷藏著被觸摸、被嗅聞的渴望。這些渴望，熔成一個整體。

小餐館瀰漫的親密，非關默契，沒那麼清潔和優雅；它接近性愛，是那種力度和偏執，朝身體竄，但比較漠然、比較乾燥。它或像共同背負某種羞恥與竊喜，卻又不具特定指向性。

為了弄清楚該怎麼描述那個東西，我總是一去又去。

話語被吹飽了氣，長出身體

J老跟我說伴侶跟他說了什麼。她說……，她說……，J甜蜜重述，我忍不住問，所以給你幸福的只需要是話語，這樣嗎？

人真需要另一個人嗎？還是我們只需要一座話語永動機？一個可以主動打開話題、提供量身訂製感性文本的機器，對接收者而言，那已是個完整的生命對吧？

J瞪我一眼，不理會地繼續分享他們的絮語。所以，答案是肯定的？話語所疊出的存在，能勝任人們對生命之判準。

字句往返，催生戀愛。橫在戀人間的話語，非關後頭特定的靈魂，包圍著我與你的話語，就是我，就是你，就是我對你的理解與記憶。話語被吹飽了氣，長出身體。話語生出話語，話語可被延伸與解構，我們有了挺過歲月的戀情。

聽J的敘述，不正是如此嗎？那麼細緻的傾訴，來往著，盪出靈光，摸出順逆的情緒，一筆接一筆，勾著雙方的可能性。說是對誰的愛，終究都變成了人之於此一話語世界縱深的著迷。

向光驅力

每天上班，把事做好，爬得更高，為何這麼理所當然？朝向光亮的驅力，是否來自對體系的過份信賴？

我情願地養肥這宇宙，可隨著愈奮力，我反而被排出，因為當超過了臨界點，我就無法繼續那樣相信。

某天醒來，我感覺錯過什麼，不再能聽與看得真切。接著，我無法泰然地收下面前的東西，找不著任何切入點去引用它。是這樣的脫落。

當我只能以日夜的流動幻夢去描摹視界，我的相信，就只能走那麼遠。可我在這體系所貢獻的不斷前行的凝視，匯成更高階的系統，那個系統沒有這種反思，沒有這個憂鬱。

景觀的交錯

長年的辦公室生活，我老幻聽有急促的敲門聲，我抬起頭，門上的聲響或要停上一會，可復又響起。

門開了，沒有人。外頭電話響著，從半開的門，大量濾入。

湧上鹹澀感，景觀有交錯的怪異，我分不清時間與空間的分際。我起身，將門拴上，隔絕了瘋狂的鈴聲。此時，敲門聲響亦消失不見。

機構——中介的所在

每天上班，等著大樓電梯，我的心中總奔流著對「機構」這抽象又實在的結構的疑惑。人侷限在日常之中，由職業、家庭、社團等人際關係界定範圍，每個體所隸屬的連動保證著群組的運轉；然而，群組間或者重疊，但從來難以相容，其流程、節奏、目的地的參差，造成緊張。

人是有彈性的，許多矛盾，連溝通都不需要，人們本能地找出所有人可接受的結果。像海中的魚群，優雅地擦身而過。可是，有時某一區塊太不均勻，個體的拉扯無法自然解決。機構被協議催生。人們需要某個地方，由凌駕性視野，做出解決。

身處這樣的中介地帶，以眾事物間縫隙為據地，這世界上或有解決不了的困局，但原來，只要有個制高點，手從這裡，往下頭探進去，翻攪一番，事情就能存續。

我彷彿看見如此景觀，人被其他人推著前進，那些人的後面是另外的人。我感覺這趟行進和我們之中任何人都無關，機構推著我們走。

可機構有形體嗎？或者機構的形體正是組成它的我們？機構是否有存活與進化的意志，使得它迫我們以彼此為材料，無休止地戰鬥？

機構——忙碌的宇宙

我所在的機構像個黑盒子，材料進入、產品給出，無法知道過程。該些輸入與輸出，參與了關於更大框架的創造。在機構裡工作的我們，由此獲得之於這個世界的身分。

現實提出難題，機構中的我們完成任務。依給定條件找出答案，隨每一批問題的被解決，前往更刁鑽的下一回合。偏好安定的人是待不久的，機構持續淘洗、直到全是像我這樣渴望知道自己有多少能耐、由什麼所組成的人。

當熱情相當，無情相當，就只由對秩序的敏銳來分高下，每個人進入相對於其他人更適合的位置；當每部位都是必然，協同運轉會更精緻。機構成為連我們都崇拜的所在。

然而，作為現實其中一部份的機構，何必比現實更聰明？因為這樣，這裡的精明與效率無處可去，機構將被迫把自己削弱，以免傷及機構的穩定性。

兩難：現實提升我們以追上它，卻又有上限，追不上或超過都會被淘汰。

機構裡，一切已非關組成個體的意願。運作趨向單一，你或可和一個人、一群人講道理，但你沒辦法和模式講道理。當某模式被召喚出，它將是活的。機構輕易完成任務，餘下的精力要去哪裡？它轉為向內運轉：對自己開發問題，以去解決它們，才有事可做。

人員變換著位置，創造更多的相對位置，才有重組、破解、再重組的忙碌。

外面的人說機構為了錢與權力，可事情遠非如此，那太簡化，太不相稱。與其說我們想要的並非金錢或權力，不如說，我們發現有了它們，自己仍被驅迫往前。沒有人說得出燒燃的究竟是什麼。我們說服自己真是為了更多的錢、更大的權力。不斷易位，滾動地累積一切，煞不住的旅程。速度上飆，幅度更大。我想這就是貪婪，傳說中某種非常基本的性格。

我曾安於這種含糊的人類設定，但一天天過去，我開始覺得這跟他人或我自己、跟人類毫無沒有關係。我在我與附近的人身上，找不到足以匹配地說明我們的積極作為的心思。

機構——大型夢遊

在公司，我愈來愈感到不真實。霾霧感，滿滿細小塵粒。辦公室裡，人們像是栽入一齣大型夢遊，我驚醒，卻無法牽動其他人。那不是眠夢與清醒的分別，更像個呼吸著的囊袋，人們沈得更深、更內部。

在這裡，我們花太多力氣在非實質的事情。不知何時開始，這裡不再遞出任何東西到外頭。我試探著，看誰也有這樣的不安。但沒有。

同事們從堆得老高的卷宗、進行一半的電話，分給我注意力，「我不懂你的意思，」他們瞇起眼睛，「不真的給出東西的意思是？我們不稱職嗎？」他們說。

我不是說我們做得不好，我急急解釋，我的意思是……難道你們不覺得有點和外頭脫鉤了嗎，我們的力氣都花在維持機構本身的轉動嗎，以致於這裡面似乎太……，怎麼說呢，太先進了！可這個先進，外頭追不上、也用不到。這不奇怪嗎？好像我們兀自進化了，卻託稱在做的事每件都與外頭相關。我的意志仍堅定，聲音卻愈來愈輕。

他們歪著頭，想給我耐心，但很快有更多的電話鈴響、敲門聲、隨腳步而來的誇張招呼、憑空出現的待握的手，他們像魚一樣從我們對話消失。另一些人，誠懇地對我說，「組成一個整體的局部本就該比整體更先進，才能驅動那個更大的格局。」他們將事情倒反過來，認為正因為機構能自我進化，才會有我暗示的所謂內耗。

「倘若機構由此變得更洗鍊，有什麼不好呢？」他們說。

機構——均勻度持續升高的所在

我曾想，人與人共組的所在，裡頭總是一場零和轉動；資源是有限的，在人們手裡被搶來換去，當處在各方力量均等的局面，輸贏未有定論，局面朝未來延展。但以更高的觀點看，對任一方，每回合輸贏並無分別，重要的是要兌現在機構之外的現實。未有實現，整件事只是個自我旋緊的遊戲。

可後來我想，就算一個機構未嵌入現實，它不見得就是個封閉之所。

人不斷要得更多，要跨開往前，投出的凝視匯成確然的點，該機構獲得新的維度。人與人的互動催生了原本不成立的新的平面，有新的絞合，我們被帶進一個不斷膨脹的宇宙。

人們隨機構全體性地前進，無有上限。似乎，當人們對世界朝哪方向轉動的期望，達成一致，某個勢，會自空無之中浮現。

若所有人都想著什麼，那個什麼，就會成真嗎？或許是的。我不禁想。

只是你得在那個集體性深信裡頭，當那個世界發生，才也降臨給你。反之，倘若你分心了，則該個世界愈是趨近成立，就愈有股力量排擠你。它不針對誰，不過是異質性存在難容於一均勻度持續升高的所在。

機構——在世界重新關閉前離開

我遞出辭呈，決意離開，不願進行移交的工作。像因公死亡，消失於崗位，留下未完的任務，留下議論與麻煩。不自然的空白訴說著非我本意的話語。可我已管不著。

並非在一夜間有什麼遭遇，只是在一夜間認清我無法再佯裝正常。謊言超過臨界。我早該離開。

在這公司，我的位置牽動密而廣，我的離開將肇致混亂。像怪手霍霍進入一處叢林，錯誤的天光被引入千絲萬縷的世界，催生效應，往外蔓延。這動盪令我恐懼，幾乎要說服自己。但終究我沒有被說服。我不再被說服。

我不再為幻視所欺。很快地，這叢林會自行修補重啟，看似往外拓開的效應將由另方向包覆回來；此一度破損，只會敦促更深層的自我維護機制。這個世界，將長得比過去更好、更完整。至於那個錯誤的光線，它或被包容成為其中一部份，或不敵地蒸發。將無人知曉曾發生什麼，無人知曉這世界曾歷經任何轉繼點。

在世界重新關閉前，我得離開。我不要看到熟悉的歷程發生在我的離去之上。我不要親眼看到我已明白的事——在這地方，我是一個位置、一個被移動的位元，一個相對的代碼，無法是一個人。

在這裡，沒有人能作為一個人，可卻是由我們擔負起決定實際的人的生活與命運。

繞一個封閉形廓

她抱怨著她的約會對象，「我討厭控制狂，對什麼都要加諸意欲的人。」她說。那是什麼意思？我說。她溫柔地笑了，像你這樣疏離的人不會懂。她說。

她繼續說她未完的故事，我則陷入她提出的題目。

什麼是控制？如果控制是將某套秩序加諸給某物，使處在特定的運作，則我並不喜好控制他人，我對控制沒有興趣，我要的是比那個更多的東西。

控制的作為，或可使事物處進一個輪廓、一個狀態，卻無法把此些事物拉到它們不曾有的戲劇化。為了更過癮，為了讓一切發生，足以同夢想一般狂喜又悲切，光控制是不夠的，我要的是將廢鐵變成黃金的魔法。

首先對既有材料做出盡可能的提升，接著將情節植入新的構造，醞釀有機連帶。待新一局面浮現，再由那裡擷取材料，開啟新一筆配置與運用，推展往進階情節……。

日子不再是地平面上一天銜著另一天，而是慢慢自現實脫落，另繞一個封閉形廓。纏著、推高、逼往高潮、直到爆炸。我要一個配得上的夠好的故事。我找人一同創造這樣一個故事。我不控制誰，我滲入他。他將渴望我的調度繩線，渴望被放進一場對的戲，獲得生命。

這不是控制，這是無中生有。局部性扭曲可以被導正，單一面向的部署面對更大脈絡的浮現亦難免剝落，堅定的人不能為這些所拖垮，終究我得變出一個新世界給他。

她的小嘴，正張閉著忙個不停，我得評估她是否配得上我的故事。

專業的好奇

到後來，我不再接受人們對他們自己的描述，他們不熟練語言，不夠深思，無法辯證細微差異。這麼說吧，他們不知道自己的深奧。

人作為自己一切際遇之累積，那個內在，像機關繁複的彈珠台，拋去一句話、一個行為，彈珠自起點滑出，將走出怎樣軌跡、終有如何的落點、途中的耗損或磨亮……，完全無法預測。

我不再有耐心等你正確地說。我像童話故事中的吹笛手，指定你，領你遠離人煙，我親自勾勒邊界，設計敘事裝置。置你在我面前，置你於那裡面。觀察你、引導你、誘你轉彎、朝你追問、給出迴繞的試探、偵測你表情變換間的停頓，在各種定義與意義間辯證，引接出新的層面以品讀新的哲學……。

我沒有要傷害妳，只是想更多地了解這個世界、了解人類，了解世界與人之間的牽動。

專業的好奇。這不是窺人隱私、不是為關係補白，無論我最初是否對你有興趣，到後來，我總是無法抗拒地迷失。通過你，沉醉於在你裡頭盛開的世界。

我變得更敏銳、更聰明；過了臨界點，像獲得千里眼，同一世界，卻看到全新細節。我為自己培養了新的天賦。……這其實理所當然，因為我畢竟為自己添了一個個靈魂，我是滿載的靈魂收藏者。

我或曾恐懼這事的不道德與冷漠，可既嚐到甜頭，怎麼停得了？然後我轉身朝向自己，把這充滿虐待動能的好奇心鎖定自己……。不過，那是另個故事了。一個不那麼不道德，卻更為冷漠的故事。

創造關係的高潮

我想起B。想起我曾僅僅為了她的聰明，著火地投入戀情。

我們談起戀愛，或說，我讓B以為正談著戀愛，在戀愛裡思索、感受、遭遇難關、解決問題。那裡有情緒、觀念的衝突、有溝通、也有無法為語言所表述的翕動。但在我這邊，戀人絮語只是計畫的一部份。我布置情境、催生事件、收集隨後反應與轉折。我觀察與紀錄一切，再注入反饋，來到新一回合。

我的眼光太準確了。回想著，我仍感覺戰慄。我知道她很獨特，卻不曾預期她這麼優異。隨情境繁衍打開，她思索得愈多，有愈精巧的表現。

她是這麼精彩的對手，我們之間的火花太美，我一度害怕、想喊停，但見過那麼驚人的東西，誰還回得去？何況我想贏，我比她聰明，不該有我破解不了的局面。

藉由B，我慢慢瞭解一些別的事。我發現，我能洞察最凡常的情節，明明是別人的故事，我卻深思得更多。而我之所以難以融入他人，在於我不耐於人們無法更好地表述自身、發動世界。

我著迷於人們的故事，但不再對人抱有期待。我感覺到人們是更豐富、更瘋狂的，可他們多半甘於平庸，一概那麼無害。面對那些無辜的臉，我還能怎麼做？是指出特定題目，逼迫前去？還是抑下妄想，永遠這樣忍耐那些愚蠢的不做與做？

我總這樣想，只能是這樣發展人際關係：設計情境，一次與另一次不同地進入，微調差異，挑動對手各種反應。像演員用不同方式詮釋一場戲，改變當場的氣流，召喚在場者每一回合全然不同之反應。

逼近。再逼近。對手未能察覺我們間的不對等，他不為連串的重複情境而困惑。那是相機的四連拍、十連拍般相似、卻終究不同的情境。置身於極相似的情境，人們很少警覺，我們總自動調節最適反應。

由此，我有個理論，當情境改變，對手卻未受驚動，順隨地給出一系列有所差異的反應。那麼，收集這全系列反應，將辯證得關於這個人、甚至是關於人，的新鮮知識。

但B的表現，卻是更令我驚駭的。我忍不住閃過這樣念頭，B其實不是待我研究的素材，而是加諸給我的情境。

我提醒自己得要壓過她，我的反應俱是自主的，而非被設計地誘引出。像對虛無打開一盤棋，要留在戰場，我只能是最強的。……日子過著，愈來愈快，我耽於一場虛空的對奕。

我們的關係再動盪，仍在我的控制之中。我設了前提，以看到愛情、關係、人的各種模樣。那些日子裡，我獲得前所未有的對於人的洞察。如果B知道真相，她或要以為自己被利用、一切都非關感情，但並非如此。角力間，B激起了我強烈的情感。

這份情感很難描述，像是外語初學者那樣熟稔了話語、概念急著湧出，卻被侷限於面前這個終究不屬於自己的語言。

但事情後來的進展並不順利。這份深到骨子的親密對壘，讓我對B，開始有一份憎恨，不是由愛生恨，不是愛恨之兩面性那樣的恨，而是生理上的嫌惡（physically repulsive），那持續上綱，愈來愈接近恨這字眼。

這種創作者與他的角色之間的關係，太親密。我恨她讓我看見的東西，恨她推我陷入的處境、誘惑我開啟這個過程。除此之外，我也討厭之於這整件事，她是無辜的。

解讀著她，我收集各種啟發，像個標本製作師。但隨著微妙的恨意發酵，那像是我做的標本因為某種保存細節的粗魯，它們在歲月裡變得單薄，不再美麗。

這已是許久前的事了。無數次回憶這往事，但隨著日子愈遠，我慢慢動搖，每一次都比上一次更不確定真有某個女孩是我所宣稱的模樣。穿過一個實驗，不知是誰啟發給我所捏造的角色，創造了我。

一票到底的遊樂園

佈置一個等妳進來才開始轉動的場景。等待妳，要妳進入、停留。空間被轉換為時間，快或慢地纏著。我等妳到來才上路。

妳在裡面，或妳不在裡面，我的生命是這樣，而不是那樣。位置空出，妳何時來？

妳想填入哪個現成設定，還是我們全新開始？

創造一個事件，我們同在裡頭重複活上幾次，像一票到底的遊樂園。玩了然後再玩一次，再一次。準備好這樣的現場，我等妳一同無數次活著。

愛的習慣

直覺地，想為妳這樣做、做得更多。習慣了，就總是做得很多與更多。愛變得簡單。

人曾將愛，看為更結實的什麼，試著界定其邊界，試探此彼的量度，索討平衡，維護安全。但其實，只有變成習慣，那樣流動而當然的存在，愛才有孔隙，如溪邊的石頭，總是清新的氣息。

無現成路徑的行進

我只適合那種近乎固執的，一步驟接著一步驟，親自完成，無現成路徑亦無捷徑，的行進。

慢又頑強。只能那樣每筆細節都一一確認且被說服了，親手造出，我才能安心走下去。

零度身分

人總是從哪裡來，某家族帝國的核心或旁支，誰的兒子妻子緋聞對象或鬧翻了的至交。我，或者倖存由一場災難，或者自某邊界彼側越渡前來。我背負浩大、卑微或不被肯認的歷史，我是一筆傳奇的漣漪效應……。種種，成為人們理解我的基礎。

我必須出走。從頭開始的清澈，零度的身分。起碼的自由。

從零開始，往很遠的地方走，最終停在妳面前。我在妳面前，而不是別的地方。我想要妳準備好一個由此開始、在此結束的視野。不問出身，不問軼事，不要自述。妳與我，還飄著油漆味的介面，我們挖掘所有的事。

然後妳掉入了圈套

「你認為我該去嗎？」她問說。

「什麼？」

「你認為我該去嗎？」她問他。

「去哪裡？」

「去沙漠，去住在綠洲。」

她慢慢唸著她所說的每一個字。「也許那是我該做的事，既然我是你的太太。」

「你必須做你真正想做的事。」他說。他一直試著教她這件事，已教了十二年。

「我真正想做的事——其實，如果你在綠洲會快樂，也許我真正想做的就是去綠洲吧？」

「什麼？」他搖著他的頭，彷彿不小心碰到蜘蛛網。「妳說什麼？」他假裝沒聽清楚，為自己著想而假裝，而不是為她。他不善偽裝。……

「如果妳去綠洲，」他說，「那是因為妳想逃避西方文明。」

「我的朋友和我都不覺得有逃避它的可能——而且我也沒有興趣整天坐在那裡談文明或工業化。」

「什麼朋友？」他喜歡讓她感到被孤立。

「我們的朋友。」她已多年沒見過他們。她以頗為粗暴的語氣攻擊他。「我認為你到這些國家來根本就是為了發牢騷。『文明』這兩個字我都聽膩了，它沒有意義，如果有我也都忘記了。」

他們倆都暗暗高興他們終究沒打算為對方設想。

……她也很難受。但他們無法反映出同樣的悲哀，她認為這會顯得有點失態。總有一天，這小小的爭吵聲(那是他們婚姻的旋律)將會被遏熄，而且他們將失落於那個充滿深切悲哀的世界，那種悲哀深切到共同擁有它的人無法看著對方的眼睛。

——珍・柏爾斯，〈東城區：北非〉(*East Side: North Africa*)

需要多少愛，我才甘心？從人們那兒榨出更多愛，我的心卻沒被填滿。是因為它是無底深淵？或者正是這些愛、養出對愛更大的胃口，愈投入就愈不能被滿足？

允妳一把刀，邀妳前來，再近一點，一個距離之內。幾乎碰觸、近乎侵犯。不必撫慰，沒有柔情。非關溫情的心動。允妳離開，妳沒從我這裡帶走什麼，一切歷經，妳全都帶走，但永不記得。

我要妳輕蔑，要妳不在乎，要妳當一名無心的過客。我知道妳會拒絕，我想看到妳拒絕。我要妳傷害我，以看到妳不忍傷害我。我要妳離開我，我只能由此看到妳無法離開我。

親吻已無法說明什麼，對拒絕的拒絕，那裡頭的愛才能說服我。

寫信給妳

寫信給妳，一個安全的環境，對妳說話。寫很長的信給妳，長得足以催生字句，創造它們注定的位置，進駐其中。更深的心意浮現，在妳面前，讓我看到。

寫信給妳，將妳鎖上，放在彼邊，我就有了不只我一個人的世界。光線流動著。寫短短的信給妳，沒有文法，只有巧克力和花，花香淡去前，再寫新的小小段落。

不了，我不再寫信，信寫多了，有結構竄出，說它的話。它不在乎妳，如同它不在乎我。它佔用空間，橫在中間，將我們拆散。

感覺光

我仍等待完美戀情，儘管我瞭解，無論如何的戀情，一旦發生，進入時間，就無法相容於我隸屬的人生。那樣的戀愛會被剔除，除非它能變成別的。

像是與誰陷入某種無話語也無方向的暈眩，有了另一個人，我就無法據於某抽離的點，對自己做出切割……。愛情中的我，無法再有個更外面的「我」，無法施展後設的巫術，無法創造複雜。

此刻我像隻蚯蚓，用膚觸感覺光，直接在那裡面。只有一個我，我只在一個地方，屬於某個什麼。愛情再美，我也無法一直待著，我前往特定觸感的光。

我感覺生命最大的遺憾並非那些逝去的，而是我不自覺亦是自覺地，放棄了還閃耀著的種種可能。

總體潮水的各種指定

清晨破曉前，他在旅館房間裡醒來。突然，四周的一切令他難以忍受。他思索著，是否這一切正因為他在這個時刻，也就是在破曉前醒來，才突然變得難以忍受。他身躺的彈簧床下沈；櫥子與衣櫃立在遠遠靠牆處；上方的天花板高得難以忍受。在微亮的房間裡，在外面走道上，尤其是外面街頭，是如此萬籟俱寂，布洛希再也忍受不住。一股猛烈的噁心擒住他，他立刻吐在盥洗台中。吐了一陣子，全無輕鬆之感。他又躺回床上。他並非暈眩，相反的，看到的一切都保持在一種難以忍受的平衡之中。

……他突然看見房間內牆上的兩道水管。它們平行而走，上方被天花板、下方被地板劃出界線。所有他看到的，都以一種最難以忍受的方式劃出界線。嘔吐並沒

> 有讓他輕鬆，反而將他擠壓。他感覺好像被他所見之物所化成的鐵鑿鑿出形來，或者，更準確地說，是環繞四周的物件將他凸顯出來。櫥櫃、盥洗台、旅行袋、房門——直到此時，他才注意到，他，宛若被迫，為每一個物件想出一個字。
>
> ——彼得・漢克，《守門員的焦慮》(*The Goalie's Anxiety at the Penalty Kick*)

人們多半對情感抱持著浪漫的想法，關於無情，也就延伸地作為對反邊。但情感並不是唯一真理。情感像其他物事，因為相信，所以存在，因為一度相信，於是得以失落。

物事之為某個模樣，俱折射由某個情感吧？非由那某個情感，我們不會相信、無從相信。可抽離了這份心動，不仍有無數的景觀嗎？

我的生活在一切最中間：循環的日常、起碼的人際往來、我堅守著自我省思和觀察他人……。但隨路走遠，我發現作為自以為的有情之人，我已來到一個我不曾知曉其成立的世界。

我感覺日子鑲著霜冰，我感覺自己瞭解，人可能不擁有且不需要人性。人沒有天生的冷或暖、善或惡，沒有某現成什麼足以加諸給他人。人作為一個物件，如同其他物件，承受著總體性湧動的場。

總體，單純的集合。空氣不預先成立，當人到了、在了，有氣息流動，在這樣的「場」，人的各種遭遇，是萬千隨機中的一回。沒有道德的必然，不具統計的優勢。

在我眼中，人以其脈絡蔓長，有了與他人的連結，一張關係浮現。可由我們長出的關係，再不同，亦是相同。我們在新的關係裡犯相同的錯，執守同一套價值，航向各種未來。

儘管如此，我仍感覺我的每回逢遇俱是獨立的活著。短短的時距，情節幾處轉折。我與人相遇、分離，總體的潮水任意指定。在一起、更好一點、再更好一點、疏遠了、不熟了、忘記了……，無規律，也無分別。

我和誰說話，氣氛沸騰，幾乎蒙上溫暖，若機率允許，就粲然交鋒，探索一切題目。聊著，飛越現實灰粉，知性與感性融出光芒，攏出符合直覺的收場。但也就只到這裡。

我和誰，一旦分開了，我們就分開了。只發生一次的事是否真的存在過？當年那個我，昨夜那個我，只在那時發生了那一次。

我感到戰慄，我是否已來到某種無情的活著？不再因情感將旅途展延，不再與誰糾葛在闇影。穿越記憶，此與彼個段落慢慢消失。

我與妳，不過就是該結束了。我們共同廓起的宇宙，急速收縮，變成不可能的點。

每個事態都值得一齣戲

坐在咖啡店門口的位置，尋常的下午，人們有各種忙碌。我看著，感到木然。那些場景鮮活上演，但它們予我一種平面之感。

人們總在事態發生的當刻，任它落定為某個情節，最方便的樣貌；那使得它們俱顯得鬆垮，每件事都像另一件事，像所有的事。

事態明明流動多端，竄走著，要鑽入現成的圖景。沒來得及捉住，那個妖嬈，要變得扁平，像哪件事的投影。

我想對事態傾聽得更多，創造給它情節段落；設計某個「我」，穿上它，讓哪件不曾發生的事，這樣到來。為了捉住這些事態，我讓自己成為那個「我」，穿上線索，進入一齣戲，成為一齣戲，直到裡頭的意味能勾勒一只形體，爬向相應的樣貌。

我需要如此的真實

這夜，我突然從夢裡坐起。黑暗中，景物一點一點變得清晰。我感覺紮實的沈鬱，忽而有個靈光，把所有點亮。我的腦海中跑過不知道是夢或記憶的場景，我在半夢半醒間，似乎看到，關於人們對真實的吝嗇之各種歷經。人們排拒碰觸，藏在我們稱之為「關係」的東西後頭。

我想起我的各種低調的努力、關於消失的渴望。和人在一起，我這麼怕被看穿，如果我們不能互透露真實，請忘記我。我總是悲觀地想著。

但我亦想起，每當與人在一起的時間長一點，長得越過某臨界，我就會入戲，以為我們一同進入了真實、擁有同一筆時間。散席後，才發現除了我，那段劃開的時間，誰都沒有經心。

我再也睡不著，我跳起來，坐在床沿。開始想著，自己是這麼需要如此模樣的真實，需要無限地追究：一句話為什麼會被說出口？為什麼是這個而不是別的？世界何以突然安靜了下來？人與人之間的真實，從什麼時候開始，變得那麼困難？

年輕時，世界更小一點，我從一落落情節小徑走過，記得了很多，以為是經驗，而人生是那些日子的延續。但並不是。

我並不是讀太多小說與電影，才變得那麼彆扭，而是反過來的。我確實經歷過那種無處不在的真實，如同這個晚上。可它不見了。如今我只能在夢與虛構世界，再度感受到一樣的空氣。

秘密彼端

無數時刻，我想說些什麼，但總是一陣膩煩，就打住了。別說不需要說的話，別說對方不需要知道的事。我告訴自己。嚥下一切，我什麼也沒說。我已擁有全景嗎？如果還沒，我不能開口。

那些沒能煞住、話語跳出的時刻，令我懊惱。無法說得最好，就不該說。我一直是這樣，當不能做到最好，就會做得非常差勁。

植入一個意念，而不是給出一個意念。我無法加諸給人他原沒有的念頭，我只能植入種子，建立環境，讓意念長出。人們只聽得到他已知道的事。

如何為你創造未來？如何讓你認為，你真是憑自己走進未來？我說的，和你有什麼關係，若無法說出吞噬你的全景，這就只是我的夢境。我該創造你的夢，而不是分享我的夢。

無人知曉的事是否存在過？多年來，我把自己活成一個秘密，存在感如此疏淡。我在現實的中央，卻保持精算的疏離。我必須將自己活成不存在。在準備好之前，在做到最好之前，不能存在。

秘密的彼端有什麼？什麼都有，什麼都沒有。像熔混的焰漿，唯邊界賦予意義，唯最精準的邊界，令物事逼近自身的意義。

我該創造我自己的存在嗎？可我總直覺要從他人那一端往自己這邊看。也許因為我總相信更大的什麼。比起自我，他人更是一切的源頭。固執地，作自己的夢，讓它作為我一個人的幽閉。確保它封閉而完整，躍遷往下一時序。

將夢作大，從外面包裹進來。它將成為人們的夢。我們將在同一個夢中，我所相信的夢，我想對你說的話。

耽醉末日

入夜後的廣場，人們漫步著，或者聊天，或者什麼也沒做。看著他們，我想，儘管我總是為人們的庸碌感到不耐，但此刻，我感覺，無論如何，我們也就只有彼此了。我們在末日時相依，飲文明的灰燼，美麗地耽醉。我們進入又退出這世界，讓它只是我們的一部分。最糟的時刻，我們是怎麼做的？晃蕩在粉色迷霧，住在末日、派對與夢。

瞇起眼，看著廣場上的人們。一絲心動，一線銀色光芒，由我心的灰淡底劈啪亮起。

緣分的水漩

S要遠行時。曾哀愁地說，只要緣分還延續，我們就不會真的分離。那是許久前的事了，久到我儘管記得話語，卻忘了她的模樣。但什麼是緣分的延續？倘若她離開了，我們不再擁有關係，如此，那個稱之為緣分的東西還成立嗎？

相較於緣分的流動，人與人之間的關係則是定型的，有待遵行的規則。身在某個關係裡，人們為邊界所約束，在多段關係之間切換，或處於重疊的錯亂。我不能主導一段關係的內涵，但我卻能詮釋它，決定一段關係被記憶的樣子。

而緣分，則是自己被洪流帶到哪裡。朦朧不定，退潮的淡漠，沒人說得清楚那裡發生了什麼。

當時的我們，S於我，是在一筆或多筆關係之中，或者是我與她的緣分之中？我渴望擺脫她、擁有她、重塑與操弄她，但我所關切的身形下頭，究竟是我們的關係，還是緣分？

兩者的差別，在於我們的組合是否自成脈絡。在關係裡，我的情緒為先驗框架所約束，注定了我對她的評斷；在那裡，我們的感受催生由特定前提，關係提示了投影(projection)，我與她，引為彼此的依據，由此磨合。

若只以關係的彼端來看待S，我就沒將她看為完整的生命，關係的穩定畢竟來自於每個角色的一致性，如此才有足以成為模式的互動。角色沒有內在矛盾，當我指定自己給一筆關係，我就是要求自己勝任某特定角色，肯認一套邏輯，前後與裡外一致。

而緣分，則只有深淺。在牽連最深的時候，我拋下世界，只有妳。沒有曖昧，沒有灰階。我以妳來期待妳，我以我來辯護我。我擔下對妳的責任，將妳沒說出的話納入感受。我能洞察失誤，如同我理解放棄，我看得到一切不具形體的，而我亦這樣要求妳。

牽連得淡了，我從河這頭看妳。沒有想像，沒有期待，無法想像，無法期待。深陷於一筆關係中的各種情緒，我知道那不過是緣分底纏著的水漩。當處在與任何人都只有遠或近、卻無故事可將我們兜在一起的虛無，我知道只要一句話、一個眼神，我就可將一切聚於一點，啟動關係，讓自己為既定規則所擺佈。

然而，接受了這理論所提示的雙重性，我也就接受了對人與人之間單一處境的駁回。對我來說，即使是一個想愛的人遇上一個想被愛的人，他們仍無法成就完美的圓。真正的圓滿還在別處。他們只是獲得許可，進入緣分深刻的一處。現在才要開始。像是人與另一人最好的樣子，就是他們可以一直繼續與重新開始。

在緣分的宇宙裡，先驗的，只有餘命的長度。與妳之間，若有什麼是最好的，我想那個意思是，我們還有很多時間，在不遠或很遠的未來。

我願為妳放棄時間

儘管在妳身邊，我仍活在與妳不同的時間。妳在當場，活在當下，不設防地過著眼下分秒，我則在永恆的平原，用宇宙規模的偶然來度量我們的感情，向記載一萬段戀情的資料庫來探詢這一天的細節。

時間尺度的差異，讓我們的愛，難以準確對上，我似乎預見由此而生的磨難。但今天，一個尋常的日子，尋常的瞬間，我不再願意忍受差錯。這一刻起，我決定為妳放棄，我的時間。

我曾歷經無數珍奇，擁有無邊的可能性，然而那個永恆，已甘心地關閉。我願意為妳放棄時間，我已為妳放棄時間，我終於看到妳想像的世界，這一刻起，我一次進入了那裡面。

留住所有的故事

沒有眼淚，沒有談心，沒有日記，就連睡著了，也不曾再見妳。我只是創造一個故事，在那裡頭，創造再下一個故事。

一筆已然沈入無限的眷戀，無能另外轉換。我僅是勾勒框線，再回頭雕塑它。然後獲得一個夢、再一個夢。從最開端留住所有的故事。

一個懸置的謎

由一滴水，一個邏輯學家可以推論出一片大西洋或一條尼加拉河，即使他從沒看過或聽過這兩個地方。所有生命是一個大連環，只要看到其中一個環節，就能知道整個生命的特性。……推論與分析科學只有在長期而耐心的研究下才能獲得，而人類的生命不夠長到追求完善的地步。

——柯南・道爾，《暗紅色研究》(*A Study in Scarlet*)

「戲劇性與欺瞞是力量最強大的能動者(theatricality and deception are powerful agents)。」

——克里斯多夫．諾蘭，《蝙蝠俠：開戰時刻》(*Batman Begins*)

我渴望作為如此之存在，一種徹底的透明，鉗住現實，絕不離去，卻無體量，不佔空間。成為一個懸置的謎，一個只能被特定地讀取、同時說也沒說的人面獅身(Sphinx)。

我渴望告解全部，然而，「全部」如何可能？得配置怎樣的環境，任一種全部，才能被注入？我得搆上此或彼個選擇，讓自身成為一個劇場，去到一個地方，就扭曲當場，令新的結構浮現。

佔據制高點，上綱到深刻的浮誇，以同時含括無限與有限。成立終極的劇場，在這裡事物將是完美的。

我將變出一個現場，在妳面前，在這裡。埋藏皺摺，故事彼此搆上，從此是不散的宴席、不老的青春。

一群角色碾過，將我消滅。我成為一齣戲、一個童話，讓時空凍結的魔法，隱與顯之間無止切換的透明。進入，不斷進入，直到整個翻轉，一條長河成為一座魚缸。

過場 II

稠（Consistency）

「你是誰？」

「我是娶了那位你沒選擇的女孩的人，是在岔口上走了另一條路的人，是在另一口井裡止渴的人。因為你的不選擇，你妨礙了我的選擇。」

「你要去哪？」

「要去不同於你將前往的另一座酒館。」

「我會在哪裡再看到你？」

「掛在不同於你將吊上的另一座吊頭台。永別了。」

——伊塔羅．卡爾維諾，《命運交織的城堡》（*The Castle of Crossed Destinies*）

我讓自己愛上誰，進入新生活，以擷取新鮮的認識。我想知道更多，成為更豐富的人。但後來，我真的愛上她。

當愛上一個人，我可以放棄一切。失戀了，沒有一件事能拯救我。當我說放棄一切，我的意思真是一切。當我說沒有一件事，我的意思真是沒有任何一件事。

曾經，所有時刻，我專注於創造意義。讓一個我，某個我，從零，一點一滴浮顯，直到成立。謹慎，講究，披戴星月。所有痛苦。在狂喜與悲哀間挺進與崩落，下最大的賭注，認最高的風險。全部的祈願，全部的甘心。在縫隙間尋覓微光，將痛苦錘鍊為辯證。

詛咒、祝福、命運，感覺為更大的什麼所擺弄。歲月，慢慢地過，滿滿地過。可這一切，如何沈重，原來仍是脆弱的。一雙笑彎的眼睛，一回搖曳的身影，就破解所有。全部時刻的我。那些我，被拋進時間與空間的落差，漂流著，無處可去。

此刻，我為愛情裝滿，卻也感覺到自己的背叛。

事到如今，之前的路程算什麼呢？層疊的創建，洞察的迴路，那些深邃，終因沒有身體，沒有溫度，不能同我捱度日子，而只能是次等的。是這樣嗎？那裡的我，那裡的許多而無數的我，可有可無，不再被此刻的我所珍惜。是這樣嗎？

每一筆認識世界的渴望，被射進太空，展望而新鮮。這個宇宙是可能的，許多的宇宙是可能的。時間的空間敞著，朝彼方探出，延伸得好遠。堅定跋涉，間雜有獨立的小型巡曳。甜蜜而真實，那些我的旅程，曾碾壓我，令我沈醉。很高的無限，更高的無限。……可如今看來，它們像現實板塊間的空隙。停在那裡，不曾改變什麼。

是否仍有個世界，制衡我的現實？長出結構，長出哲學。取代的認知，覆蓋的感受。

耽於意義的我，被自己創造的意義所綁架。我將愛情打造成劇場，我是最投入的演員與觀眾，持續上綱。我虛構愛情，將它變成唯一的現實。城廓開始繁衍，我被困在裡面。

我太熟練這個體系性操作，以致於當此個系統捕獲了我，即使是我，也無法掙脫。……我讓自己入戲，以看到更多，感覺更多。而現在，我難以記得真有某個不同於此刻的我，我已無法想像仍有愛情之外的別的生活。

唯一的破綻是夢與記憶的殘影，只有它們無法為意義的格式所收編。恍惚間，有某個晃搖的觸覺，召喚著已難以確知是否真曾為我所擁有的氣味。我隱約記得，在愛上誰之前，我其實愛著某些東西，過著某個生活。

仍有個我，仍有一些我，在意義層階間游移，匿進縫隙，迷離而孤單。它們隨我的生命展開被創造，卻拒絕被收攏。每個段落都是投給宇宙的訊息，無所謂被解碼，無所謂印記。隨太空的氣流擁著回流，它們以具體存在，湮沒我的存在。

我不只是如此，我還有更多。

站在這裡，我看著那樣的我。所有的每一個。我看著他們。他們自現實的心動底創造意義。我仍記得最開始的景象，我們走得好長，可這份共享霜雪，花香與田野，也只到這裡為止。

就到這裡。沒有更多了。歲月的格網已被挑鬆，法則與體系協調出新的廣闊，全新織絞。此刻，我比那裡，更陌遠一點。

我已為我遺忘，為我一手搭蓋的劇場所孤立。我是自己的空餘。可因此，我是我的未來，與過去。我進入時間。成為時間本身，守護那個我沒放下的自己。

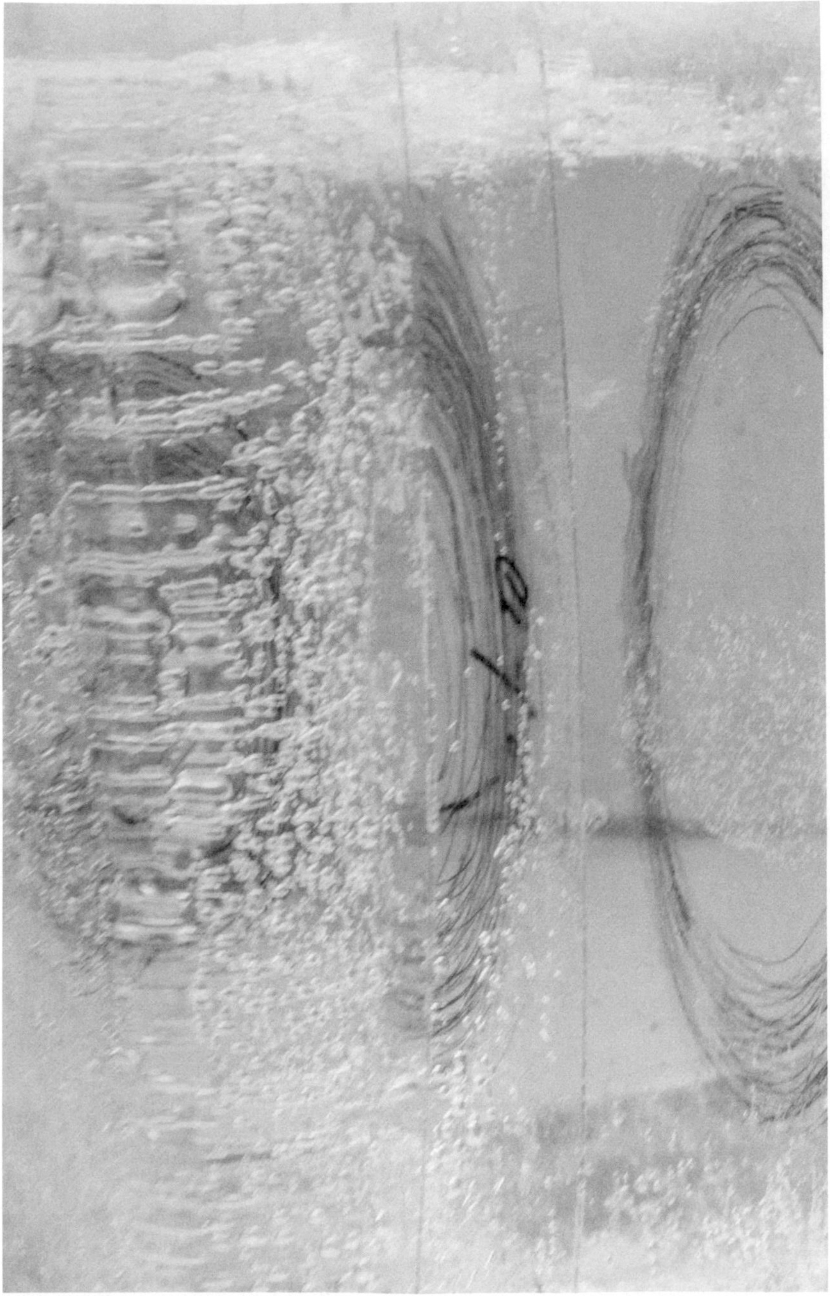

第三部　時間

對接（docking）

（太空梭將發射的時刻）發生了一件神奇的事，那是所有太空人都曾經歷的奇蹟，那時刻，它們從地球上最複雜的物體變成最單純的。他們變成了石頭，不再思考、不再感覺，不再記得挑戰者號的悲劇，不再懷疑或恐懼。相反的，他們陷入恍惚、安靜與祥和之中，只聽得見自己的呼吸聲。……有人稱之鋼鐵般的堅毅，有人喚之對的東西，但這樣的形容有欠真實，那不專屬於太空人，而是存於每個人身上。……當人們陷於絕境，突然間，他們只剩下信念了，他們的身體只給他們一個選擇，就是相信一切會安然無恙。……他們思考著之所以走到今天這一步，是因為做了什麼事、選擇了什麼方向，然後他們會發現理由何在。他們回過頭看自己走過漫長曲折的路途，發現那是一個精心設計的計畫。透過某種深奧的方式，他們接受人生本來就是過客的道理。其實是宇宙存活在人們的心中，而不是人活在宇宙中。

……不管是機械失靈或人為疏失，都變得遙遠、抽象，全是假設性問題。他們該思索的層面太多，該瞭解的太多，所以他們什麼都不多想，只是在椅子上坐好、看著清單、然後對自己微笑。與所有人一樣，這些太空人明白了這個道理：有時我們無法掌握自己的命運，只能握緊拳頭直到指節發白，然後撐完全場。

——克里斯・瓊斯，《離家億萬里》(*Too Far From Home: A Story of Life and Death in Space*)

我感到一份迫近，我被指定於一個記號之上。線性時序上不可逆的各個點，變成如旅館一個個房間般的並置。選定時點，艙室與艙室間，有彼此都熟悉的系統進行編碼與解碼，達成溝通。兩個或多個獨立的宇宙，巧妙地對接。

人永遠是赤裸的

日子裡，人永遠是赤裸的。人永遠是一個人。用唯一的、全然獨立的一個人，去歷經，去詮釋，去承擔，去感覺痛，去被拋棄。闖進未知。

像風帆深入海的中央，像太空船栽入銀河。活著如此浩繁，因而如此脆弱，再周延的保護仍趨近於零。沒有人能保護我，沒有物件能保護我。一切墮落、燃燒與虛無，貼在皮膚。最天真的日子裡，我仍感覺近乎陰險的冰涼。

它們以這份觸感為我勾勒人的線條，那麼精確，那麼非如此不可，像要確保只要一點點，就足以消滅我。

那個危險抓住我的心，非關生死，而是意義的湮滅。我是我所觸及的意義之唯一守護者，因為我是此些意義的創造者。它們已是一些活的東西，我自虛空中找到，然後點亮，就有了整個聚落，一處發光的宇宙。

我之所以接受赤裸穿行於現實，是為了將生成的每一筆意義的灼燒而暴力的美。我對那份美有信仰，有責任。

我個人的情節微不足道，但作為特定的心動，它們映射總體人類某獨特結構與質感，補完此一文明在不同層階的圖景。經由意義的織造，每個人都能發動與世界相抗衡的生態系。界定一套生存座標，載滿活著的感受。

我忍受孤獨，是為了獲得那個輪廓；我承受不斷的凋零，為傷損所困惑，戰慄於無可遏抑的流動，是為了唯有人能作為某個「一個」。潔白而永恆的意味。耐心活下去，就可以搆及它。

疊加的起點

總在不意間，我遭遇無時之地。鐘面上相同的分秒，在那裡顯得更慢而長，時間被拓開、延遲、懸止，圖景並置，像鑲滿鏡子的長廊。相較於此，由事件銜著推進的現實，輕快得太多。我夾在無限延長的、與尋常的時間之間。

就著我，兩種時態搏鬥。我感覺這下頭有份迫切，迫兩者去到正確的對接。由慢的地方、往快的地方，鎖定地接上。「接上」指的是，從這裡往那裡、慢慢長、爬進彼個範域、獲得定義、成為彼邊現實中的項目。

項目爭取著被還原，穿入一瓣瓣意念與場景，梳理著，被帶回起點。紛飛的意念，各有意志，打開成景觀。從如此之現場獲得概念，我感到渴望又茫然。

概念是持續疊加的事態，要掌握一個觀念，得溯及意識之浮顯、成形，從疊加的意象去理解某意念。進入歷史的當場，找出敘事的縫隙，從那裡介入，干預航向……，只有參與事態的疊加才能見證一個事態。

「疊加」不是1+1+1+1……之一個個項目銜接堆高，不是事項此彼連鎖蕩開、全盤兜起，不是和麵團那樣不斷讓新元素加入某現實團塊使更繁複……。它像生物從環境獲得養分的生長：事項慢慢長大，過程中每一刻，它的成長情狀將影響其他項目的動態。

生命中的事態，是由數個項目所調和的局面，從疊加的角度認識事物，是基進的。我並非要改動某事，而是想重置遊戲設定，全新組裝，重玩一次。

欲改變一件事、改變當前情狀，只能回到疊加的起點。這個起點不指時序，而是事物來自的土壤。用這種方式認識世界，我看到的不再是一個個項目，而是湧動、未定的物事。在那裡，事項還長著，每個可能性竄動有活力與決心。

回到那樣的地方，像無限放大一幀照片、無限放慢一段影像。鑽入，錨住某個極微、卻絕對性的瞬間。

在這個點上，事項以辯證性姿態歧開。a抽高了，b變慢了，c長歪了，d被抑制了……。事情繼續下去：a竄得更快、甚至長出橫幅，b搭襯在旁、順勢地據有餘地、有框格浮現，此刻的c貼著邊界成為邊緣者，啟發著後生的界外者，而d分解成無數微小粒子滑進介面的縫隙，無所不在，仍充滿能量，但難以被看見、湊不成語言。

由此再遠一點：以a為核心的論述夸夸道出，b、c將由a為基本座標去描繪，而d則由其不可說，愈來愈難以真的存在過……。類似這樣的戲碼。

關於世界的意義，自此日新而新，直到明白得像是由來如此。那些懷疑者、留有遠古記憶的作夢者，終將接受其或已無可逆轉……。

孤獨的形構

他同我說起令他玩不釋手的，是一個和弦內的音程轉換：水平轉成垂直，序列轉為同時性。他斷定，同時性是基要原則，因每個音符以其或較近或較遠的泛音，本身已是一個和弦，音階不過是將聲音解析而水平散列。

他說，真正由多個音構成的和弦，是另一回事。和弦要你帶著它前進，一旦你把它往前帶，過渡到另一個和弦，它每個組成部分都變成一個聲部。更正確的說法是，打從和弦組成那一刻起，它的個別音符就是要做水平發展的聲部了。……獨立的聲部相互交織……，一個以和弦方式做成的音符結合，應只被視為聲部運動的結果。

……那些音符愈像聲部，和弦的複音性格愈明確，它就愈不諧和。不諧和是檢驗它複音價值的標準。一個和弦愈強烈不諧和，包含愈多彼此遠離且精細發揮不同作用的音符，它就愈是複音的，每個音符也愈明顯表現它是和弦的同時性裡的一個聲部。

——湯瑪斯．曼，《浮士德博士》(*Doctor Faustus*)

身在大城，在忙碌的人際輻輳點上，四周俱是層疊的經歷印痕。在某個如今天的夜晚，或每一個夜晚，在某一次閑淡的晃蕩，或每一回或急或緩的散步，這些不動，這些動，都指出我是個怎樣的人，我在怎樣的地方。

那些界定生存的轉折，為何做？為何不做？事情怎麼開始？怎麼結束？推動我的生命流動的，是大環境的儼然，是誰的指示，還是慢了好幾拍才湧上的惦記、惻隱、不捨或糾結？還是，一切不過是無可無不可的順隨？順著什麼都好、都成立。做是合理，不做也盡興。

又或者，那是表面上無法被拆解，卻誰都懂得的姿態：一個人，這麼活著。……到頭來，我們擺脫際遇的沖刷，從湍急找出平靜，令定一幅屬於自己的身形，而那將是我這個人的命運。

真相披露前，一切隔過層層紗幔，那麼曖昧，空洞又濃郁。我走了一趟旅程，以為能加入這世界，但終究不能。

每個人有每個人的命，這是我的注定，我注定打開一條無關的路。重點不在於那是怎樣的路途，關鍵字是「無關」。我無法屬進我曾相信的世界。我承認，我接受。世界在眼前褪去，直到不再有關，終於無關。

然後我起身，做了決定、做出什麼，但連這也只是無數戲碼的其中一齣。我曾耽於歲月中某場拖拖拉拉的戲，然後我演不下去，然後命運強制地現身。然後我從原先的忙碌脫落，收下一條無關的路。

轉折的當口，那些刺眼的對比：一邊是繁華，有人，有情，有情節，他人的故事往遠方漫溢；一邊，是我，來處與去向如此勉強，我不得不做出什麼，像是若非如此，不能被承認是個有故事的人。

我總想，是什麼確認了我們之只能是一個人？一個人。沒有別人，沒有另一人，沒有任何外部的光色、氣味、聲響，沒有字句，沒有另一筆時間與空間，能一點點地在我們的生命裡面，像是它原本就在這裡。沒有。

到底，我以自己活著。重要的事只對我一個人重要，未知只是我所陷入的未知。我的醒來，我的失眠，我的全新一天，我的永遠過不去的過去的一天。

這些是那麼抽象，無法證明它們自己。通過煞有介事的實務，我以精確的辯證、細膩的感知，釐清這個我早知道的事實：怎樣看似與我有關的事，我都無法與它有關。

確認我只能是一個人的，恰恰是那些非我不可的遭遇：只有我能勝任的任務，只有我珍惜的吉光片羽，只有我渴望辨識的意義，只有我知道怎麼愛他的那些人、那個人。……每個點、每回鼻息，優雅對上，幾乎鎖上，可那個完美終究沒能發生。我在什麼都有、幾乎全屬於我的現實底，被確認了我就只有我一個人。

我曾真誠地走上誰，做了什麼，那麼蜿蜒，卻終是荒謬的。我讓自己認了某個做與不做的指令，讓自己啟程，讓自己看著人們那麼熱熱鬧鬧、看著分不清是記得或已遺忘的這與那個人，試著走進那個世界，成敗都好，只要能成為那裡的一部份。

終究我收手了，什麼也沒做；並非不做，而是沒做。與我再無牽連的世界，如何干涉？在我心中仍有個遙遠的圖景，也許下一次、某一次，追上誰，我會做出什麼，跟她走。

可那又如何？再遠的圖景仍有它更遠的遠方。啟動新一次進入世界的嘗試，也許終又退出。除非，我真是幸運的人，找到一個人，一起孤獨。

看著窗外，看著稍縱即逝的臉龐，每個生命，你，與我，是如此完整。完整到難以承擔。我們擁有愛的能力，可再懾人的美，於我們俱是不夠，俱是太多。人生中每一路滿載意義的敘事，彼此平行，愈來愈精細，可它們都未能接上真正的我們自己，永遠完成不了真正的親密。

我不在那些裡面，它們都不在我裡面。我之作為一個人，這個人，平行於我所隸屬的所有故事。我幾乎知曉了那個形廓，卻其實不曾看見。我在這個世界裡，看不到我自己。

在次元間跨開的橋

去我可以去到的最遠地方，我知道那是什麼，可不知道該如何去。我知道那是什麼，因為那是最開始的地方、比開始更之前的地方。我不知道該如何去，因為「往回走」這概念是悖反的。

往回走，如何可能？一旦啟動往回的路途，起點不就要崩塌嗎？起點，意味往他處開拓，把它標為旅途終盡，還稱之起點嗎？

時空旅行的佯謬，回到起點的渴望，人這麼栽進悖論。旅程中，響著虛無與寂靜。要往回走，只能通過創造，相信自己身上就有那個最初的東西，創造得愈遠，回返得愈深。賭上人生，則我可以完成的往回，會是我之於起點最接近的距離。眼裡映著萬物，可我的凝視總探向某個點，那是我的最初。我得往哪裡去，孤獨挾持了我。

孤獨不是寂寞，寂寞關於難以忍受一個人，孤獨則渴望成為一個人，一個完整的人。孤獨將我推上旅程，通往更深的孤獨。愈往回走，來到更源頭的事態，那個人生，忽要變得更大，離完滿更遠。無限個故事，我據著最前端……。

回溯事實、拼裝記憶、重建意識、注入與重啟。生命中每件事項，要深究，只能是逆反地、進行對抵。

多創造一點，再遠一步。在新階段的創造之前，常拂上親密，令我覺得終於成為自己。儘管該份親密總隨即消散，儘管這不是旅程的誘因，但若需對誰捍衛活著的值得，這是可舉出的一樁。這是唯一的一樁。

乍看往地平線拓去，卻每次都是新回合的對層次的超越。創造未來，以鎖入整幢過去。爬升。某個彼刻的自己，往這邊尋覓。當此與彼刻的凝視相互對上，抵達絕對起點之前，我已進駐完全性。

對未知的探索，無法是同一張平面晃過去的彼邊。創造，是搭一座在次元間跨開的橋。

封存的全像城市

疊起一落又一落規則，在邏輯的錯綜間起造移動迷宮，像封存的全像城市底一枚冰凝的水滴。進入結構，迷失其中，如此惑人，那是活著所需要的最聰明的危險。

我以最頑強的形式，封住冒湧的生存觸動，在世界巡航，前往萬中選一的時空。然而結構真能碰觸一切？之於生命中更有溫度的事項，走得斷然，會否注定脫落？……可悲劇非由結局定讞，而是沒有任何可稱之結局的東西。它們在時間裡，結構的框架來不及搆上。

逼出最燦爛的光度

在一個難以描述的空間裡，天空沒有了，大地消失了，地板、天花板、牆壁全都無影無蹤，我縮成一團，被禁錮在一種陌生的物質裡，似乎整個身體都與那半死不活、毫無生氣也沒有形狀的物質融為一體。或者，也許我已經失去了自己的身體，完全變成那物質，一些模模糊糊的粉白色光點圍繞著我，它們懸浮在某種不如空氣透明的物質中……。

周圍似乎有什麼東西在等待我的默許，而我知道，或者說我體內有什麼東西知道，我不應屈服於那難以理解的誘惑，因為它在沉默中承諾得愈多，後果就愈恐怖。……我等待著，從環繞我的粉色迷霧中，有東西探出來觸碰我。我像個木樁，控制不了自己的身體，只覺得深陷於包裹我的物質之中，既退不出來，又無法動彈，而對方則始終在用不可見的手掌，探究我的牢籠，同時也在塑造我。在此之前，我並沒有視覺，但似乎又能看到一切，隨著撫過我面頰的手指，先是嘴唇從虛空中還原了形狀，然後是面頰，那無比輕柔的觸摸慢慢擴展，漸漸地，我有了臉，有了整個胸腔——但與此同時，但照對稱原則，我也在塑造另一個人。

> 從周圍原本空蕩蕩的虛空，突然有種難言的恐怖，無法想像又違背天性的東西加入進來，還是塑造了我們的那種觸感，把我們的身體裹進一件金色的斗篷。……我不斷向四周擴散，一種比清醒時更加強烈的痛苦襲來，它無限放大，無處不在，凝聚在黑色和紅色的遠方，凝結成堅硬的岩石，在另一個世界的陽光下……。
>
> ——史坦尼斯勞・萊姆，《索拉力星》(*Solaris*)

這世界的種種，處在各自的深奧生命，這令我感覺窒息。物質叢林任一回瞥見、任一回不經心的把玩，都預告或紀錄了我之作為一個承受生命的個體，與所有什麼的關係。

我總是想看得更多，但所有的看，所有的探觸，或者只是被囚禁於自我之謎的渴望。

我朝一處看去，它立刻縮小、凍結，凝結在奇怪的姿態，那看上去仍有獨屬於它的優雅，可已動也不動。……這是我，與我之外的什麼，貼得最近的時刻。

某項目與我之間，從無到有，釀著生與死、超越生與死，某個類似眷戀的什麼，把全部攏在一起，就地結束。

在這一局，我們從對方身上逼出最燦爛的光度。這是屬於我們各自，生的最大化、死的最大化，所交會的瞬間。

世界像一部科幻電影

盯著看，世界好像一部科幻電影，物事與流動，被安派在大小不等的艙室。律動的城市，漂浮的國度，傾軋的次元，被淬煉出格式，收進另個介面。

我曾與誰共擁有生命的秘密，一起度過時間，藉著與他們的有所相同，界定了差異與獨立。我們是自己與對方的另一介面。人是自我增長的史詩。

但在各自的航程裡，儘管情節合理，空氣的質地卻扁平無趣。若隱若現的縫隙，透露著其他的遠方。原來，我們的旅途俱是被誰配置好的。……這個房間，門關緊也沒有用。有雙眼睛，從我找不到的方向看過來，接著，手也伸過來……。

那某些時刻，我不再害怕自己是迷宮中的老鼠，我害怕的是，配不上這個變化莫測的迷宮。

置身一個場景

在人群裡，我陷入曠野恐懼症：我為什麼在這裡？該怎麼離開？我無法想像能以如何方式離開，一如我無法回溯怎麼來到這裡？

場景的本質一如夢境，有邊界，與外頭斷開，如一個與另個故事的絕無相干。之於場景，一旦進來，就進來了，像整鍋秘密汁液傾入每個孔洞，將之填死。內部壓倒地取消了外部。汁液建構了一處所在。我突然就在裡頭。在正中央。

日子裡難有飽滿的場景。生活不是一條釣魚線上綴滿珠子。靈光偶爾閃現，來不及被寫定意義，難以夯進記憶的土壤。

場景，一個封閉的環境，光色與溫度調控均勻，元素被管制，門戶逐一封死。人們無謂地活在可活之所。待設備完成，從牆板氣孔釋放一些意念，就足以是整個煞有介事的活著。

吸氣、吐氣、吸氣、吐氣，搭配尋常的陳設，我以為被移入某情節核心。感官收集資料，一筆接一筆保證，我真在某個場景。胸中飽漲朝某方向打開的牽掛，高潮已到來，我在象徵與意義的匯聚之地。制高的隱喻，涵蓋解釋與預言。

我不再問關於開始與結束的問題。我已明白，物事其實邋遢而平淡，湊不出任一筆啟發。……我想多相信一點，物質以各向度佔據感官，逼我在無路可出的永晝，對一絡絡意念做出辨認。

當感覺到置身場景，前提與啟示已同步給出，我將具結描述。……人們以為我對概念抱有狂熱，但並非如此，我只是願意付出一切，封凍這個我深明其實空虛的場景。

舞台之船

走進某個世界，那兒有個我。我曾以為事情一直是如此：一個我，在一個世界裡。我仍是我，窺看它，它還屬於某更大脈絡，我勝任地評論。

走進某個世界，我是我，我跨過邊界，走進裡面。我對它有份後設的關係，我以為事情將那樣下去。在我進去前，它已是完整的，我以為可以對裡頭的運行做出描述。我以為我作為獨立項目、對另個獨立項目做出描述。但並非如此。

一旦走進，我就變成那裡的一部份，不再有所謂的我的獨立。我不再能就是我。鏡子裡，不再有輪廓明確的形體。枝枒於周身蔓長，陽光遞移，表現為膚色的漸層。融進一幕佈景，我變得扁平。那個世界未侵犯我，它只是把我變成它的一部份。

若我還保有自主意志，我該感覺壓迫；若我認同那個韻律，我該感到自在；若我仍留著過往的記憶，我該覺得滄桑；若我耽於事物的全新，或許我珍惜這重生的青春。然而，儘管我可能不同地感覺，但比這些更必然的，是那所揭發的生存本身的悚然。

慢慢地我想，這俱是幻象，它們啟動由一樁針對性籌設，人的生存獨立於人的自身，它要找一時空點，開展成總體性介面。像是人只是其生存的宿主，待它找到基地，人曾自以為擁有的「我」就會萎縮消亡。我曾以為自己真在一個世界裡，可以往哪遠行，這樣的我為世界的形構所瞞騙。挨著它，棄守我的邊界。

世界是舞台之船，緩緩朝我航來。我曾有的感知不過是些飄渺的概念，我釀造熱情以實現此些感知，想真正觸上它們，對抗沈重。而這或許正是陰謀的最核心：我走進世界，成為世界，失去了我。

如今我在船上，它熱心地帶我遊歷，但那份悚然圈住了我。殘響迴盪，我默唸互無相干的詞串，將它們無窮換位拼組，錨定虛空中的無用內涵，由此記得我曾擁有的我。我曾是我。

偶然是巫術的開場

每回想到妳，我總一時間就處進期盼與恐懼。互不相容，全部合理。快樂與悲傷互相加總。想著妳，難以分辨我們歷經什麼，下一步在何方。

意念分歧，故事被兜起。我知曉的時空太深刻地蒙上，成為我真記得與預見的全局。故事的起點啊……，我試著回味那個偶然，卻為偶然所追討，被推入魔術方塊的結構恐慌。

第一次轉動宇宙的基石，接著是第二次，然後是第三次。魔術方塊停在外部，人生卻無法只是顏色拼接的鬥智。……切面被調度，景觀變異，記憶與夢想崩解。世界的全貌是如何？比如冰山嗎？整幢的海，海面下冰山的餘部，海平下降就可來到單一而輪廓確鑿的整座山的事實？

又或者那是冰凝的山尖、不同方位無數晶體的共享入口？生活某一筆事項不是整幢故事之一處端點，而是一個與另個時空擦出的某個無所謂對或錯的存在。

偶然，原來只是巫術的開場，將人變到一個沒有愛、也沒有不愛、只能凌駕地看著一切燒燃卻無法判斷溫度的所在。

每一處，以偶然開場，接著是無數形貌的荒原。……倚著冰壁，不被晶體的哪一回合轉動吞噬。我將思緒錨著最初的畫面，停在那裡。我們面對面，卻非相遇。由這個說法，妳與我，就不會被擄進任何現成的旅程，不會有現成的凋零。

我能依賴的，只有眼神與氣味協調出的某個平靜的點。不是那之前，不是那之後。我不要讓它被看為偶然，因為，「偶然」由意義所回返定義。有意義，失去妳的可能就將成立。

反面世界

孩子們腦子裡失去了在山中喪失意識的兩小時記憶。這是全體共同的。他們甚至沒有自己昏倒時的記憶。那部份完全失落。這與其說是記憶的「喪失」，不如說是「脫落」比較接近。

這不是專門術語，只是為了方便而用。「喪失」與「脫落」之間有很大的差異。簡單說明，對了，請試著想像連接成串在鐵路上奔馳的貨車。其中一輛所載的貨物不見了。沒有內容物的空貨車是「喪失」。不只內容、連貨車本身也整個不見了則是「脫落」。

——村上春樹，《海邊的卡夫卡》(*Kafka on the Shore*)

我擬了個假設。如果在某瞬間把人在那一時點上的腦內黑盒子固定下來會怎麼樣？如果後來會變化，就讓它隨便變化好了。但不同的是該時點的黑盒子被確實固定了，只要call它就能以那樣的形式被叫出來。就像瞬間冷凍一樣。

（就像人體內有兩種不同的思考體系）思考體系A是經常保持著的，但另一方面則以A'、A''、A'''……不斷地在變化著。這就像在右邊褲袋放進一個停止的手錶，左邊褲袋放進一個走動的手錶一樣。必要時，隨時可拿出任何一邊。這樣就可以解決一邊的問題了。……就是，只要把原始思考體系的表層層次的選擇性切掉就行了。

……就是說，像牙醫把琺瑯質削除一樣把表層削除。而只留下具有必然性的中心性因素。也就是意識的核。這樣做了以後，就不會產生稱得上誤差的誤差了。然後把這削掉表層後的思考體系冷凍起來丟進井裡。噗通一下。這就是洗(Shuffling)

資料的原型。

——村上春樹，《世界末日與冷酷異境》(*Hard-Boiled Wonderland and the End of the World*)

白日移向黑夜，夢境退潮，看著，我感覺到兩個世界的夾纏，一是正面的，一是反面的。

反面世界與正面世界的接點，是我。我只有一個身體，我只有一個我。正面世界的推進，賴反面世界從一段落遞接(relay)上另一段落。現實的風景走了又走。當段落無法正常遞接，正面世界要停住，可此刻的反面世界正因猶豫與混沌而燒燃著。

反面世界不是鏡次元(mirror dimension)，之於正面世界，它並非切割開來，那裡發生的事會影響正面世界。正面世界行進以單線單向軌道，正常運轉時，反面世界作為正面世界的無名背景、可忽略的雜質，但當系統出錯，正面世界的軌道將被反面世界所重整。

之一

一些技術性細節：通常，反面世界就只是在那裡，無用時全然無用，一旦有用就是催生全面轉換。過程稱為資料的洗(shuffling)，將反面世界的內容洗向正面世界。

工作分為洗入和洗出。人作為平台，洗入，讓反面世界的資料著床，洗出，是將平台上的資料編碼，列進正面世界。

洗出，得確立主體與可依據的邏輯，洗入，則須將自己褪成全白的紙。一來一往的悖反，潛意識、前意識、無意識、催眠……之類討論，在這裡無法派上用場。

反面世界像影子，影子附隨什麼成立，我們這樣卡在兩個世界之間。卡在兩個世界之間，如此窘迫，因為這樣，人順隨滑向方便的一邊，用力要忘記那個反悖。

之二

正面世界是則律背反的，隨時間推進，多數可能性變得黯淡，只有一個項目出線。反面世界是糾纏的，不必清晰，全部成立。

反面世界裡沒有時間，只有擺盪在平衡的建制與潰散之互相通往的封閉迴路。之於正面世界，反面世界處於時序之先，卻是概念之後。

之三

反面世界裡未有名字的種種，得通過正面世界的界定，才得以作為某個事項。反面世界是更早的，卻也是更晚的。瓶與蓋，因與果，矛與盾。

之四

那些「非如此不可」的著魔，將人推入反面世界，無盡的浮沈，回應著生存之謎。有漸強（Crescendo），將一切兜在一起。

正面世界運作由語言格式與邏輯，反面世界則湧動以詩、以事物本身的irony。irony超越所有扮相（persona），超越背反的則律，超越神話的永恆。就著生命的生存，潛入反面世界，是超越對位的平衡。

之五

在正面與反面世界的反悖之間，我以虛構，創造一個對反（counter）的世界，封鎖時間；如此，就可以有四面牆，貯存夢的碎片、理想的殘餘、愛的臨界、信仰的質變……。我將注入真實給現實，更改歲月的流向。是的，它仍無法返回，但除了往甲地或乙地，或也能通往明天……。

並非為了主導時間，未來畢竟只是某種結果。今天，這一天，寫上白日，寫上黑夜，裡面記載著外面。並非預言。而是預言之先。

創世紀的新鮮

有時我覺得自己對生存的深思，不過是由生理上不耐而來的強作演繹。比如今天，天氣很舒服，我立刻感到關於活著的純然希望。不必意義，沒有曲折，一切清明而足夠。

如此的下午，我昂步往前，直直地走，鑽入秩序的渦漩，再從另個水流浮現。光照錯落，穩定地斜下，這樣跨過日夜，有季節更迭。

我不盤桓於思緒，沒有後設，鬆手對意義的研磨。我讓自己與意念站在同一線，不是後面，不是上面。什麼都不做，生活的意義兀自編絞。創世紀的新鮮。我傾聽。有整列軍隊，有一座花園。我感覺欣慰，如同感覺恐怖。

夢的線索

或許因為對事態懷有操弄的傾向，夢這種邊界漶動、難以捉摸的東西，一直都令我著迷。在我眼中，夢作為一塊平行之地，可提供對意識之檢視。它是原始材料的湊組、某個還不被熟悉的圖式。將夢看作獨立事態來思考，就是對現實的重新認識。

之一

夢沒有開端，我們總突然就處在正中。現實中，每個場景似乎銜接於上和下一場景，像是整路情節被擷取的一處段落，但真是如此嗎？會否每個場景都是夢的獨立，所謂連續性，只是制高機制做出的整合？

開始、中間、結束的階序之外，還有更高的敘事機關嗎？我們以為當然的階序，會否只是某機制介入的結果？

之二

如同夢的懸浮，生命中每個當下，只是大海中落單的礁石；經驗或記憶等生命敘事，是整群落場景被調理的結果，人因此獲得單向的故事。

之三

關於夢的不合理：每個現實當下原本亦非關合理，那只是以某後設基準線的組裝結果。當我們認同一套邏輯，很容易遺忘了仍有其他邏輯，而夢以其遣用各種邏輯的自由，提醒著就算是同一個世界、也可能是我們無從想像的模樣。

之四

夢領我們回溯歷經，同樣的遭遇，被轉換為不同樣子。白日，我們令定一條抽象的線，進行轉換與裁切。所謂記憶與歷史只是各個合理故事的其中一筆。原本要崩塌的可能性，為夢所收藏，我們就有了一個以上故事。它們漂浮著，等待浮現。……夢是個機會，讓我們提取原始檔案，還原各條敘事線。

夢中夢——空餘也有命運

生命歷經是些離散的段落，將這些段落串起的方式，一由時序，一是找出每段落共享的隱喻，後設地整合。那些似曾相識的片段，非關形象的相似，而是俱有某個令我執迷的點。無論在哪樣脈絡、以如何方式成立，那個點，一模一樣地抓住我。

那個點成為我這個人被界定的依據，由此錨定，紛異的情境被收斂，單一模樣浮現。這透露給我一個道理的兩個面向：

第一是，殊異的現實段落，只要找出接點，就可以做出整合——構出軸線，置放段落，收束為封閉故事。當有一個以上接點，一個以上的故事將是可能的。故事各自成立，互無相容，亦非矛盾。

第二是，延續上述思考，但反過來看。任何封閉故事拆去軸線，只是分散的段落，它們可以支持某個故事，但任一故事的成立，並不搖撼該些段落亦可支持的別的故事；它們且可不進駐任何故事，繼續作為飄盪的段落、流動的身世

夢中夢、夢中夢中夢、夢中夢中夢中夢……，現實中的場景，也可就著某隱喻點做整合。不同於時序的水平連結，當生命縱向累積，核心會不斷鞏固，匯聚出更紮實的

現實。

我不陪一個場景直到滅絕，我把它們看做入口，從那裡進入下個段落。但無論我層層遞進地走多遠，只要一個訊號，對上最起頭的唯一核心，我將連同我高階的夢境，被瞬間被移回原點。

我想我處在一個夢，若不加警覺，將陷入夢中夢，困在那裡十年、百年。我想確保擁有從某個不喜歡的夢醒來，前往新一個夢的能力。

變更對圖景的理解

傍晚，原本趕著去哪開會，走經天橋，往遠方看，卻忍不住停步。城市的轉動像科幻景觀。那一刻，每個項目不再共享履帶、連動地構成旋律，我看穿了它其實是無數空間的組裝。

空間的組裝。走到a空間的邊界，滑入b空間，原中性點成為臨界，成為一處的盡頭，另一處的起點。數個區塊組起的圖景，表面似是平滑的，卻為各個後設點所統攝，分別勾勒形廓，在我眼前的是「不合理形狀」(impossible shape)。

二維的面，不再當然地擴增往三維的體，牆成為崖，往那兒走去，不再能輕鬆越過臨界、進去另個空間。但同理，當被逼至深巷，我不必在巷子盡頭翻牆逃走，而是敲敲臨界的點，就可以溜進另一獨立框，破解不同世界之間的對峙。

當厭倦路途，我不必撐著走到終點，亦無須往回走。我洞察框線，跨過，切進新一空間。當地理終結，而我的心未能結束，我將變更對該圖景的理解——我走上階梯，繼續走，無限往上，突然就穿過了。

樓面必連結著來去的梯階嗎？現實只是一個空間嗎？一個與另個所在，必定由平移來延伸嗎？我不再這樣相信。不再有單一的空間，它們都是為後設點所整個的數個獨立段落。抽掉任一段落，面前的景觀將失去與脈絡的連續性。任一所在，可以是一處空間的盡頭。

切換著感受，不同的後設點、不同的中央與邊陲，邊界浮動，等待著規劃。而我之於這個城市的每一回穿越，且干預地重整著它的稜線。

螢幕上的我

尋常的聚會，我卻反常地多話，不客氣地主導著。隨全場升溫，我有了奇異的感覺，感覺自己從身體分離出來。生命的經驗與記憶在我這裡，身分、職責與權利亦為我所有，「他」則赤裸而纖細，卻是完整的一個人。

我看著他，感受著他所感受的。沒有了洗鍊的累積，一切最平凡的物事於他變得銳利。他不需要全幅景色，他接受各個項目之以自身存在，挑釁前來。我想拉住他，他卻斷然走進更深的人群。擾攘的街，聲響與資訊疊著逼高。他走得更快。

那是他所處在的真實：一個人，單獨而赤裸的一個人，將最細密的孔隙，貼上氣流。第一次貼上地活著，讓活著以其觸覺定義自身。

這一切是個陷阱！對著他的背影，我大聲說。我的話語為噪音淹沒，像是我只是個電視上的角色，又或者他走入了一塊螢幕。

螢光線條

獨自走進週日夜晚的市街，古怪的感覺籠罩了我，像是我不曾這麼做過。又或者我不曾是一個人，我不曾是像我這樣的一個人。

所見的景象，溜進耳朵的話語，擦肩的身體，藉著交會的極小片段，急速遞來它們的故事：熾烈的戀情、年少的憂傷、夢的奔騰、時間底的不耐。我無可選擇地接收。交換眼神，給出理解。

這個晚上已到最末，待下個白天來到，事情或將不同。我說。但沒等我說完，他們都消失了。

個體與個體成為間隔剛好的螢光線條，而我儘管讀進每個故事，懸念仍被排除於外。

我之所以孤立，那麼樣以非生物的質地被隔絕，是因為在那個時刻我想不起任何一件我的事。我沒思念誰，沒被觸發相關記憶。我不寂寞，不感到冷。缺乏好奇。像是我無身體，亦無身世。而之所以如此，在於我心上可容納此些事項的上限，已為這些人佔滿。

有那麼樣一陣，我想我是否已經死了。搜尋最後一筆記憶，看到自己對事項的厭倦。一切我都見過，一切我都想像過，一切已脫落。然後我對厭倦感到厭倦，像靜電雜訊，藍灰色的焦躁。我對自己的所知，停在這裡。

然而，卻也在此刻，我染上了獨屬於這個世界的甜味。乾枯或豐盛的人生，都成為漶動的暈醉的夜。

我是怎麼從那裡離開的？像關上一扇門，所有線條被清空光度，消滅了穿梭的亢奮。留在門板另一側。我仍能細數線條之交會與錯開，它們俱如前世一場場不大不小的遭遇。

「真實」的費洛蒙

什麼是真實？一個人與另個人，沒有面具、沒有花招，甚至沒有轉換性表述，沒有皮膚。他們之間，心貼著心；血的奔流，生命的搏動，抵著。外頭是絕無僥倖的毀滅，可這一刻，還活著。徹底而完全地活著。

總在人與人的場景，在客套與空洞裡，我陷入如此的極限點。……像飛進太空、潛進深海，只剩下搏動的韻律。在一件事面前，我除了呼吸什麼都沒有。終極的危險狀態。卻也是這樣，當沒感覺到那份窒迫，我會知道必有什麼、在哪裡鬆了，沒抵上真實，才會這麼輕鬆。

不追究真實，場面或可較體面地撐持，運轉順暢，但總有遺憾，像是提著弓箭進森林，卻拔了草就離開。

年紀愈長，我對真實就愈渴望。歷經一個場景，未確實梳理所有細節，會有遺憾盤旋在後來的生命裡，總覺得錯過什麼、錯過全部。

另一種與真實的交手，比如閱讀，把書、把作者當交手的對象，翻著紙頁，不住發抖，想溜到下一章節。得闔上書、準備好、才繼續讀。一本書，讀非常久。咖啡店、家裡、公園，那氣息渲染了整個環境。

並非某個什麼纏祟前來，而是我無法不在生活中意識到某種空洞、客套、虛假、某種因為太有效率而造成的失焦、某種把值得一活的人生活得不值的悵然。

對這個的解決，是從空氣中抓住淡淡的、飄忽的「真實」的光度，放在手心，用力揉開，還原成具體世界。環境被鋪設開，脈絡兀自編絞，直到一枚光線也有了情節，可以被記得。

眼神或字句透出費洛蒙，染給我難以消化的懸念，它們觸及我自覺或不自覺的某個部分。我進入那裡，每吋土壤翻開，再不害怕，再無餘緒，我將自生命的某一頁離開，進入之後的頁面。

微型世界的長出

到這份工作以來，除了公司設定的任務，我自發作著對這行的研究。很長一段時間，這甚至是這工作對我最大的意義。同事笑我想得太多，但我感覺有某個洞察、某個道理蕩著，幾乎浮現。那給我一種很親近的感覺，感覺世界會在身旁改變。

但後來，我不再做研究了，不再試圖將理論推進任何一點，不再認為必須追尋某無破綻的秩序以為現實的證言。我不再有看到什麼的渴望。我看得到的夠多了。我看到的太多了。

一個篇章只能待下一篇章的提出，才能安定下來，前往完整。如同接下來的篇章，亦只能完成由再下一篇章的出土。當一個人停下來，得由他做出的事情將永不發生。我能說出的洞察，已然在宇宙中消失了。

那個微型世界，這樣終止。它不在未來，永不會有人追溯後頭的層疊，因為它們都沒能發生。每一段落，成為單薄的片面。正是這樣的拖沓，令得一個到下一個轉折，總要隔過幾個世代，令得我們從書上讀過各式遷變，卻來不及親自見證任何一樁。我為此感傷，可這不過是個平庸的道理。

世界的問題是世界的問題，我的問題是我的問題。真有完結性的真理嗎？我不再以為有某終極點等在哪裡。

不對的角色版型

很久以來，用盡氣力，我仍很難套進現實的期望。我相信a，我卻是b。我不認同b上頭的人，可我怎麼繞路，仍又落到b。不斷掙扎，卻困在原地。我感到挫折，卻是這個，界定了我的多層性、人的多層性。

或許人生有某種更好的樣子，我常想。人生確實有更好的樣子，而我亦其實是能夠在那裡的，可那裡的空氣就是差了一點點地永遠不對勁，要很用力才不會感覺窒迫。就算去了那裡，只要一點點分心，我就會掉回原本的樣子。

掙扎了大半個人生，某一天起，或許就是今天，我突然認清了，我原來甘願於所有的苦。當求救，我其實不想被拯救，因為我無法退出這個、去到另一個我不真正知曉的世界。

今天之後，我將接受這樣的自己，不再渴慕特定的模樣，自嘲地享受錯亂。今天之後，我將不太犯錯了，我不再試探於我而言並不成立的疆界，不再妄想穿進不對的角色版型。

栽一小盆香草

我把自己當成一塊將迎向任一種實驗的肉。被擲進霍霍轉動的現實獸籠，看會剩下什麼、出現什麼。我想知道，我能給出什麼？人們想要什麼？現實想要我的什麼？

現實它什麼都不想要，什麼都不需要。不該往上爬得更多，何必往前走，我對自己說。想做什麼就盡情做吧，真有進展就高歌吧，比現成的更多出的什麼，只是我個人的事。

像養一尾魚，栽一小盆香草，往後，任何續篇，如何開展，它們散據於不同介面，銜接不成一個平台。我困在這裡，任何梯階都引渡不了。

不正常的指標

我得澄清，無論何時，毫無疑問，這不是技術問題，而是哲學問題。在經過研究後，面對音樂調性(tonal)的問題，必然將我們領至一種信念的考驗。我們會問：我們的信仰是基於什麼？那諧和的音律(和聲，harmony)，每首傑作核心所指的無法撤回的事，是否真的存在？自此起，對音樂不應該再僅止於研究，而是一個非關音樂的獨特醒悟。這被掩蓋了幾個世紀，是一個應被揭發的恐怖醜聞。……一切音樂表現、其無法超越的弦律及和聲，全建築在一個錯誤的基礎上。是的，我們說的是無法爭辯的謊言，就連那比較溫和的人，也無意識地朝向妥協；但究竟是哪種妥協？絕大部分的純粹音樂律調只是個幻覺，真正純粹的音程（interval）不曾存在。

在這裡，我們得承認有些時代比我們幸運，像畢達哥拉斯還有亞里斯多德的時代，當我們的前人滿足於事實，他們演奏的純音樂器只能彈出幾度和弦，可他們不為此困惑，他們知道完美的和弦是神的領域。可後來，對人們而言，這不再足夠。

人們的狂亂自大，妄想擁有一切和聲。企圖親自催生一套，從技術找出解答，普雷托流斯（Praetorius）、薩里奈斯（Salinas），然後是安德列威克麥斯特（Andreas Werckmeister），人解決了調音上的難題，將神的八度音階分類，將十二半音分為相等的十二段；在兩個半音間再偽造一個，用五個黑鍵取代十個。用五個鍵，完成音階發展……。

所謂平均律與它可悲的歷史……，我們該找回自然音律，修正威克麥斯特的錯誤。我們必須遵守，一度和弦裡的七個音，而不是八度音階裡的單位。不相容的七個清晰而獨立的音質，像天上的七顆兄弟星，這就是我們該做的。如果我們足夠警覺，這自然音仍是有極限的，它令人困擾的極限就是，它絕對排除使用昇高調號。

——貝拉．塔爾，《鯨魚馬戲團》（*Werckmeister Harmony*）

生活中，我為各路壓力拉扯，每協調一回動態平衡，我去到全新的生存景況。我降落地面，風的觸動是新的，鳥的鳴唱還澀，我重頭來過，要套進去、要適應、要活下去。

同時，我亦意識到自己變了。傾斜、偏離、愈來愈遠，令我羞恥。已成立的世界是正常的，我則是不正常的，我正在變得更不正常。

現實中，事項慢慢變遷，四散的星點，各種遲疑，一邊走前一邊往回擺盪。純然的例外，純然的隨機，理論的拓樸展延，令得其中的某些又被溫柔地撤回……。一切都在走，我卻感覺，相較於他人仍在正常的界域，我已用罄任性的額度，正式地，再也不是正常的。

是誰、在何時、將單一秩序的自我期許、植入給所有人？以致於無論我們做著什麼，都有種必須調整往某處的羞恥。

無時無刻，我為那裡的氣味所繞縈，像隻過份敏感的狗，被哪個愛捉弄人的傢伙在各角落布置的哪些精確味道，弄得失去自我。我還如何想更遠的世界？倘若一張常態的網已然覆下。

我所處在的未知，性慾般迫誘，我朝那某個傾向栽去，為這份被更大秩序給排除的恥辱感，有一搭沒一搭地申辯。

什麼是總體性不正常的指標？我曾將一小撮難過，上綱成怪異，以挑戰周遭重力，想用不正常，逼出正常的真相。但正常，是高一維度的東西，不正常不是它的對立邊，而是它催生的東西。

模式的重要性

試著標誌日漸沈默的某範圍的宇宙，我想記起和曾相信的事物之間的聯繫。我擔心我的記憶是虛假的，而那將侵蝕務實的一切。

這份擔憂，是思緒將沒落的掙扎嗎？或是思緒蘊出的彼邊？或是來自人的深層自我防衛機制？這份擔心自何而來？由此回推得什麼我的情節？

幸好，我長期培養一套可自行成長、有所反饋、保有隨機性的思考模式，適應環境、創造環境。我將自己交給模式，逃出錯亂。

爆炸的咒語

日常裡，有一個個小盒子，打開，有幻影投射展開，出現在那裡的無論什麼都顯得魔幻。我曾遇到許多盒子，啟開許多，那些魔幻如此誘人，幾乎讓我背過現實、往裡頭跳。可我看了幾眼，輕輕闔上。

那是我眼下世界與另個世界非常接近的瞬間。我還想多聽、多看一點，可我掉過頭，任裡頭的文明被封印。

我感覺看到與自己同一模樣的人，可他處在他的命運，我與他之間橫著某種已完成的不再可能的變換。屏息，我什麼也不做。

有一種恐怖是這樣的，熟悉的事物變為陌生，人在自己生命裡淪為外來者、淪為空洞的魅影。但現在我面臨的卻反過來，那些與眼下無涉的種種，我與它們在很遠的一處交纏著，注定地互相屬於。……怎麼會這樣？我變成什麼了嗎？

你看到的都是真的，你猜想的正是實情，可是知道太多的人難以不變成一顆厄運的火球，你不會想摸進一個無辜的房間，燃燒整屋的不幸。有個聲音，平板地念白。

我偵測話語來處，我從鬧鬼的屋子離開。屋子裡一片熱烈，人們睜大了眼睛，歡樂像傳染病抓住每個人，不好笑的橋段，他們仍笑個不停。等著笑聲停下來的空檔，我看向窗外，更遠一點，那裡有一個星球，一個次元，莫名其妙逃過爆炸的咒語。

外頭是虛空與死亡

我曾以為深刻瞭解一個人，就可以瞭解所有人，我以為深刻瞭解自己，就可以貫穿生存各種處境，但並非如此。

許多現實行為，並無現實原因。劇烈的舉動，非有相稱的苦衷。人們揮霍著，來自活著的壓抑、喜悲錯亂的荒謬。

我曾以為生存的難，在於那是一切提問之最初與最終的叢結，後來我想它承受著輕與重的二元擠壓，然後我發現事情不只如此。

事項出生又熄滅，記憶與經驗相互覆蓋，唯一穩定增生的，只有這世界加諸給我的結構性感受。

慢慢地，活著變得連不可預測的，都可預測。我該如何耐煩？忍受已達極限。我只能從無到有地創造，但要走多遠，才能看到全新的東西？才能在新的處女地拿到平靜？

像是一個人從遠處朝前景走，沿途摧毀事物，世界變成單薄的佈景，整片逐漸披露的漠然。真正的可能性或只能由此啟動。

兀自長成生命的豪華

總是看到如此景觀，那是一個自我擴充的封閉城廓，漂浮著。

正對著它，我指定新的點、拉出線、拉出面、帶出體。一推一拉，精細微調。先是無法一眼看盡，然後往前一步，又遺失來處，再接著，我不再確定什麼是「這裡」。

迷宮。不斷增生的牆垛，但仍必定有路，空間在我手中長大。點石成金，任一元素藏著地圖與景觀，那種兀自長成生命的豪華。

迷宮愈來愈快，愈來愈複雜，將我消耗往極限。層疊的接合變得不穩定。我焦急要返回起點。漶動的框線，被折出陌生的角度，它們加速，我跟丟了最新進展，一切安靜下來。

這時，我驚覺那些歲月的不可穿透，是那麼自成一格，像場夢。我第一次來到開始的地方。

巨型運作

亞瑟：要執行這個任務我們得選搭747客機。

柯伯：為什麼？

亞瑟：因為747客機呢，機長位置在上方，頭等艙在前方，如此就不會有人在我們行動過程經過機艙。不過，這樣一來，得將整個機艙位置先預訂下來。對了，還要先搞定空服員……。

齊藤：我已經把整個航空公司買下來了！

（大家轉頭盯著他。齊藤聳聳肩）

齊藤：我想這樣比較乾脆。

——克里斯多夫・諾蘭，《全面啟動》(*Inception*)

「我貪的不是錢，而是一種，不思考就可以揮霍的態度。」

——朴贊郁，《下女的誘惑》(*The Handmaiden*)

我讀過一個思考實驗，說有個充滿理想的富豪子弟去當了警察，當辦案出現難題，他就無上限地將家裡財支用於辦案，創造全新形式來解決問題：不知道行兇的密室殺人怎麼做到？拿錢出來弄個同一模樣的環境、誘兇手再度炮製。如何付贖金救出小孩？以自家銀行為基地吧，閃過歹徒疑心，要多少給多少。要監視黑道聚會的情況？好，包下整條街每家店吧，該區塊全部產權都是我家的。

若無限的金錢就可含括一切，則現實的邊界是什麼？還有所謂現實的最適解嗎？還需要鑽研解決問題的智慧嗎？

我在想，現實的許多部位其實是空洞的，但作為由金錢、物質與科技砌成的世界，它們的存在，提示著層層隱喻圖式，一種全然由「物」形塑的世故。像是當人們關注著主線敘事，世界卻更多地瀰漫其餘一切。巨型運作中，各個設定逐步來到完美的隱喻疊合。

我不禁疑惑，這世界某些模樣的輪廓，是否只能當抵達某種巨型規模，它們才會浮現？就像某些風景，只能被辨識由特定認識機制。那些規模，可共量(commensurable)地變大，當越過某個點，發生了不可共量的(incommensurable)變化。

問題的最佳解

當人們討論著解決某個問題，我忍不住想得更多的總是，如何讓該個問題不再成立。

我難以約束心思，總是越過眼前的事，更關切後頭的框架。我想超越現有框架，重設一套等價、更高階的框架，以它的層次與彈性，主導地界定情節。形式即內容。

現實無止地轉出各種遭逢與感觸，倘若有所謂的最佳解，得是這樣的程序：問題浮現、重考問題、新問題浮現、再次重考問題……。

意識：傀儡師的陰謀

我認識這個房間如同我認識你，從見到你的那天起，我於精神上就住進了此地。對我而言它很真實：當我知道你住在這裡時，我就是這麼觀察、想像你的房間。我也用同樣方式知道你公寓的其他地方。我對你的興趣延伸到你生活中每項細節。……你只離蘇珊幾呎遠，停在你殘暴的姿勢，完全停在我決定叫停的那一刻。

你那麼暴烈地要揪出我，到底想獲得什麼？若找到我。你又想做什麼？

你手上抓著的紙張，上頭是我寫的故事。理查，它讓你變得不存在。你因失憶而待在醫院時，那些自以為殘賸的記憶，都是假的，那是我為你寫下的所有關於你的事。當醫院裡的記憶變成了你後來生活的基礎，接下來的事也不存在了。

你以為可以相信這些記憶，因為它們顯得可信。但我告訴你，並非如此！

你能相信我說的嗎？你的記性有多好？你相信所有你記得的事，或只相信你被告知的事？

我們的人生都是虛構的故事：你是一個，蘇珊是另一個，而我是再另一個、且是比較特別的另一個。我用你來代替我說話，我創造了你。理查・格雷。你不相信我的存在，但我更不相信你。

為什麼不能接受這個想法呢？我們都在編故事。我們全都不是我們看起來的樣子。當我們遇到另一個人，我們會投射出能讓他們高興或影響他們想法的影像。戀愛時，面對不想看到的事我們會變盲目。我們穿某種樣式的衣服、開特定廠牌的車、住在某特定的區域，所有這些事都將投射出我們的影像。我們過濾記憶不是為了瞭解過去，而是為了能對現狀自我解釋。

我們每個人都有同樣的想望：把別人看到的我們，改寫成自己的真實故事。我們希望有的魔法，是永遠不要讓人看到我們自己真正的樣子。

這就是我做的事。

你不是你，但我讓你成為你看起來的樣子。蘇珊不是蘇珊，我不是奈爾。但奈爾是我的其中一個版本。我沒有名字，我只是我。

所以這就是結局，也許不是你要的。生命不是純粹的，沒有快樂的結局，沒有什麼能被清楚解釋。

至於蘇珊會留給你什麼？她不會留給你任何東西。她會和我一起離開。

我可以在這裡放開你，讓你永遠困在這個不完滿的時刻，一個沒有結局的故事。

這個方法雖然很吸引人，卻不是對的。你可以回到你的生活，讓它繼續。所有的事可能會比較井然有序，你的身體會痊癒，一切都會改善。我想你可能永遠不知道為什麼。

你會忘記，將一切歸於幻覺。這你很熟悉，遺忘其實就是視而不見。

——克里斯多夫．裴斯特，《幻行者》(*The Glamour*)

今天午餐時，我看著鄰桌一對情人突然吵起架來，當男孩發脾氣，女孩的表情像是看到她不認識的怪物，那不是心碎，而是驚恐，如同他們之間是場陌生的夢。男孩很快平復了，甜膩地道歉；這時，換我陷入驚恐：同一個人怎麼會有全然不同的語氣和表情？

男孩像是誰筆下的人物，而他的作者分了心，把他與另個劇本的角色搞混，有了這樣無法貫穿的演出。

我不禁想，人真說得上有特定的他的意識嗎？又或者，人有個「我」，比意識更高，可以去調度和詮釋它？若意識是擁有內容與規則的場域，我能否編組一個小隊、進入其中、開啟戰爭？我能否在自己的意識裡置進外來者？能否藉該外來者介入自己的意識，進行重整？意識能成為一套可生產效應的機制嗎？

人的意識可被入侵、轉換、替代嗎？意識是被創造的產物嗎？感官偵測著現實，攝入種種，它們原不具輪廓，我們自以為的情節，會否不過是無定性的流動為中介機制的調弄，而顯隱性不同的意識狀態，則是該機制之強、中、弱分段調控的結果？

似乎，當將自我從意識分離，後設地投出凝視，我可以看到意識之以晶體模樣成立。意識內容累積由全時程與方位，人不斷試錯，直到建立各自的認識機制；此機制與人的生命經歷互相鞏固，通過這個機制涵攝、轉換出的結果，成為我們難再質疑的意識內容。

日子過著，認識機制轉著，轉換地生產資料，不斷寫入。我們的意識日趨封閉、同質、完美。可正是這份完美令我迷惑，像是心底深處，我無法理解我遭遇的一切飽滿或荒蕪，是依據如何的邏輯，轉換成它們最後足以傳遞出去的模樣？

如果無法想通這個問題，因此無法掌握自己的思索與行動，則我是否將在某次我的分心裡、在調度我的傀儡師的哪個陰謀底，變成陌生的樣子呢？而倘若真是如此，會有關於意義的對抗嗎？

關於對抗意識，我想到的是對意識進行替換或多狀態並置，先鬆動意識，拖延新意識內容的增生，達成對認識機制的遲鈍化。

人的意識含括了他的經歷、處在的規範與暗示、認同或迴避之人事物、我們的喜愛、恐懼、欲望與憎惡。鬆動意識有幾種方法：

①盡可能疏離於人事物，隔絕訊息的增生。

②抽換時空，換置入另一處境，讓原本意識內容褪逝。

③刻意介入地造成錯亂，令原先意識狀態不再有優越性。

其中，①違反人生活於群體、找尋意義的本能，但最單純。②由於生命慣性的堅韌，改換了環境也能迅速派上原先認識機制去篩汰與轉換刺激，因此多半有賴非經意願、突然陷入某個改變，難由人自主發動。③類似藉由對另個事態的入戲，脫落於原來的世界。

意識被鬆動，未明的物事浮現。人陷入各種景觀，為未曾察覺的意識內容擄獲。我們將親自規劃意識結構的層級，有開放的思維土壤，有新的方法認識世界。

夢、記憶或精神深處，介入其中，打開新維度，即是「認識」。事物的輪廓、此彼邊界與高階程序，變得柔軟。輪廓落定之前，意義及其衍生之前……，當不再有完美錨定，會有新的記得與遺忘，我將擺脫單一意識的專制，和事物的原始模樣和平共處。

清明的妄想

人都是不自然的，你不做校對也知道，任何人只要有綠豆點兒大的智識，就知道實情如此，我們好像在作戰，我們當然在對峙作戰，且還是圍城之戰，我們彼此出擊，同時間，也遭對方攻擊，我們想攻破對方的城府圍牆，一方面卻將自己的心牆鞏得固若金湯，愛意味著解除各種障礙。雷孟杜希爾法微笑道，這部歷史該由你執筆才對，我怎麼樣也想不出你的主意來，去一筆消抹不容改變的史實，我也不知道自己當初是著了什麼道，怎麼會去捅這樣一個簍子，坦白說，我以為人與人之間最大的分別，就在於有人說是，有人說不，先別急著提醒我，我也很清楚，世界上有窮人富人，強者弱者，不過，那不是重點，重點是，說不的人有福了，因為他們的王國應該就在俗世，可你為什麼要說應該呢，這是刻意為之的但書語氣，俗世的王國屬於那些懂得在該說是的時候講不的人，他們扯了那個不之後，又趕緊塗銷，恢復原先的那個是，說得好，親愛的歐柔安娜，多謝誇獎，親愛的慕貴謀，可我雖然受過教育，也不過是個單純的女人而已，而我，雖然只是個校對者，也還是個男人。兩人都笑了，然後一前一後地，兩人將他的稿件移到書房，還有一方辭典，以及其他幾本參考書……，我們就各自開始吧，我們就開始吧。

——喬賽．薩拉馬戈，《里斯本圍城史》(The history of the seige of Lisbon)

我活在一個更先進因此更徬徨的年代。我的同代人已有能力做出任何事，我們鍾鍊出的無限，足以畫出邊界，定義自己的有限。此一有限，涉進新一種曾不被承認的無限。我們徒步走進一處外星球的海。

我敞開心胸，接收以各形式遞來的場景：時空的交換或錯置、當代的遽然塌陷、以靈魂為名的什麼之纏祟、肉體與心靈互動著塑出更合意的整體……。

我從現實浮起，卻非漂進幻夢，我以分析性的冷靜，對峙被人看為異端的論述，不感到畏懼，甚至沒覺得有趣。先是忽明忽暗的訊號，接著連成局面，再有情節淌流。一綹一綹勾纏，無謂地蔓長。我看不出此些異象該開始的理由，可既然開始了，也就不好不繼續下去。

聰明的錯亂、清明的妄想，結出整張細密的網，成為關於某一宇宙、甚至是某一已燒滅或還未出生的宇宙之全知的視野。我等待著由那裡而來的啟示。卻始終未見著火光，未能聽聞全新諭令。

我是否感覺失望？為什麼我不在我看得到的世界裡？或者我感覺安心？我所在的世界終究壓倒性地取消了我宣稱我所看到的世界？

種種異常、種種「不在」、種種我自以為見證的各階次之被銷毀重組、各介面之被迫互相穿梭與破解，竟只是另個類別的合理。世紀又世紀以來的千萬種說法，原來只是這樣。

每一落情節背後或有發動者，可他們只是做做樣子就失去興趣，沒真要催生一套取代性邏輯，沒有重整歷史的使命感，更別提要設置點對點機關以指涉另一介面……。他們沒有非做完不可，如同沒有非開始不可。無法消滅亦無法兜起的異象，散落四處，我如何溯得正確的源頭？

令世界誕生的工藝

聽人們說話，我會閃過這樣的念頭，感覺他們口中的情節不曾發生。不是說事項是捏造的，而是我感覺不到它們有紮實、真實的起源。像是耳語的再次轉述，像懸浮的另個誰的哪些白日夢。

那些話語，圖景裡沒有溫度，不透露意義。它們算不上是什麼的起頭，只是些空殼。

一個房間裡，人們說著話，話語不著地，說話的人無法錨定話語更後面的總體性內涵。被攤開的語脈，碰一聲降落在故事正中，除去廢話，除去欲言又止，唯一確實的，只有話語的肉體。

他們說，有個誰、陷入處境、做出什麼、或不做、事情於是改變、或沒改變。故事中的主角順隨地處進怪異的煞有介事。

他們說話，只有最起頭像真的，故事主人翁在故事裡找尋裂隙，將那個罅口掰開一點，跳進去。可那個洞沒真發生，人物跳進的是在他意識邊界外的一處心靈。

那些情節順利得不像真的，跌宕得不像真的，一體成形得不可能是真的。深意的魔魅讓空氣凝結，除了話語者的憂鬱，還有些別的。

有什麼正驅動另層意識的運作。他們侃侃說著，毫無畏懼、毫無困惑。他們不作鋪陳，當轉折突地浮現，他們最初有份被打斷的惱怒，卻瞬間轉進模樣相似、但其實已是另回事的新介面。

說著說著，他們入戲於自己的話語，炮製一個對手，引為彼邊，辯論起來。可這些臨時被逮上場的對手怎會夠格，他們於是從自己這邊、輕鬆向彼間進佔，疆界更大、更遠。

聽他們說話，愈來愈多，我的現實邊界，慢慢消融。我被那些話語中的虛無所迷惑，現實成為錯置的夢。

若換我開口，我的話語，也會成為如此之霧嗎？可攻可守的半真半假，沈入其中，儘管認為那是真的，我仍知道那是假的。像遊戲，或嘲弄，對框架不耐，然後，是「我怎麼知道再更進去，事情不會如我說的一般？」的賭徒的倔強。我說著說著，變成真的。

我不談真相，故事何必為任何動力所推進？在我話語中，有個「我」，他無法在乎我們的信或不信，他讓自己在新的空氣中被蒙上取代性面貌。

虛構之中的虛構。我開始說話。何干百花撩亂的現實大地？何必鍍作意味深長的人生之鏡？錘鍊著令世界誕生的工藝，沒有逾軌、非關神通。沒有逃離、不必逾進。不說你，你不曾成立。

洗牌的魔力數字

每當有回憶蒙上，我要感嘆人生動盪，但我的日子其實無奇，不過是那些事項太鮮明，插入幾件，就要以為真有個翻騰的生活。可儘管明白這道理，明白一切窒息地穩定，我仍感覺飄盪。飄盪於這城市，飄盪於這時代，飄盪於此或彼種制式人生。

我不再需要遠方的夢，現實中種種，在時間裡，終是為風雕塑的沙，沒有哪一筆說得上真切。

所有的情境都可以成立，所有的問題都可以提出，只是這世界得要多不平庸，才能核發給此些宇宙生根的許可？需要怎樣的眼力，才能看到維度間的接縫？當沒能錨定，我穿越的場景就總是懸浮的。

先有雞還是先有蛋？先有世界還是先有秩序？將人當傀儡調弄的，那個懸線的彼端，會否並非什麼更高階次的指定，而不過是日常秩序？如此，我們自以為的掙扎的奮力，也是系統內建的，動作再大，都是推一把地幫忙絞緊。

我想要自由，可自由是什麼？

拿起一副撲克牌，該怎麼作才能摧毀當場的牌序？玩牌的人說，要充分混合一副牌，使原牌序崩解，需要的洗牌次數遠多於通常想像。這事實有個兩面意涵：一方面，看不出特別的當場情狀，它不僅成立由一套秩序，那秩序且極頑固；另一方面，以自成秩序的操作，洗牌、再洗牌，還真可以將原秩序給破壞掉。新成立的系統，再無原本世界的痕跡。

洗牌的魔力數字是七次，七次之前，洗六次並不比一次來得乾淨，而七次之後，非隨機性正式凍結，再多洗一百次，也不改變什麼。抵達魔力次數，系統獲致相變，再不見早先系統之痕跡。

……我生活於其中的世界，也有個魔力數字吧？半正經半玩笑，與之共舞，拉拉扯扯。然後，夕暮微光，南瓜就是馬車，風車就是巨人。一切從來就是如此。

鋸齒或細毛

我總是糾結於要分辨對、或錯，然而，對錯的劃分是特定位置的權利，人得不在那裡頭，與什麼都無關連，才能定奪。

當在一件事底，與之牽連，那事就無法是對的，也無法是錯的。它發生了，它在那裡，仍蔓延著，被捲於其中的我，或者被牽引著順隨，或者扭轉成新一局面，但無論何者，在其中的我的任何作為，之於那事，無有對錯。

對或錯，是從某個彼處投來的凝視，那裡有一落更高的規則。可我不在那裡。裡頭的人那麼遠，那麼風涼而無關，他們不瞭解我，不瞭解我正搏鬥的事之鋸齒或細毛，不瞭解裡頭的竄動，但正是這份霸道，劃定世界。

我曾以為完滿是關於將對錯，辯證拉開，但並非如此。我的存在決定我所處在的流動，從裡頭而來的任何處置，只會讓局面從一種開口、變形往另種開口。我無法創造之於這裡頭問題之對或錯的答案，因為就我是問題的一部份。

我不再追求將一件事作對，不認為存在我可搆及的完美點。更深地浸入事情，同它一起變小，一起變大，一起出現，然後一起消失。

純真製造機

「創作出優秀作品的首要原則，就是揚棄你親暱的甜愛、你的迷戀、你那些孩子氣的玄思（kill your darlings. your crushes, your juvenile metaphysics）。這一切都不該出現在紙頁上。」

——約翰．克羅基達斯，《愛殺達令》(*Kill Your Darlings*)

現實碾壓底，我仍感覺自己為稚純的靈魂所盤據，無法擺脫純真。我維護那個蕊芯，掙脫經驗的慣性，永遠是第一次淋雨、第一次與世界接上、第一次驚見人心竟有殘酷、第一次幸福或心碎……。

可為純真所掌控，固然讓我在當場收受得更多，卻不容我往前走去。沒有世故，誰都走不遠。

我看著一切，記得一切，紀錄與籌設一切。我恪遵規則，且將大獲全勝。但到底，對遊戲的征服不為了終結它，而是要成為主持者，以調弄那個曾壓迫自己的規則，將之擴充到極限。

收進各種狂妄，纖細的、沈重的，以建立內在多重性，擁有全世界的意識。實驗排列組合，梳理未被編碼的竄動，由此撫平現實的莽暴。

隨生命推進，我的調度更嫻熟，可掌握的材料更多樣，我所維護的最初純真，愈顯出其纖細，我將玩出更淋漓的變化……。我創造活著的不同漸層，不是直面去描述現實、不是直面地翻攪靈魂，而是令兩者共築一有機體。

我監看這個怪獸，卻也感受它的活著。所有痛苦與快樂將是、且永是、多層的。

為美所迷惑

到了這年歲，愛美的我，已為辛苦找來、等待來的各樣美麗事物所包圍。但一切美的堅決，原來非關幸福。

人的激情與熱烈、對永恆的敏感、渴望禁錮所愛……，我們愛慕美，以為依賴，在其中找到投射，但在此之外，美更是些別的。它不曾能解決問題，它本身就是問題。抽象的、不可見的、無以付諸話語、不可能量化。

純粹的美，迷惑了我，變成現實本身，像個封閉場域，囚禁地，讓我很難與更大的世界往來。

美麗的事物不是被把玩的項目，它是個空房間，有靈魂穿梭。……物是有限的、人對單一事物的感受亦是有限的，可當為美所撼動，我們卻能接上無窮。我無法縮減頻道，停在現成，我找尋迷惑的源頭，朝遠方走。

非關漂亮或端正，美不是討人喜歡的「好」，它是決絕而暴力的「對」。到最後，我發現愛美的自己，這個肉身，這個人生，不過是某更大什麼的棲息之所。無視於任何抗議或嗚咽，從活著與死去的身體呼嘯穿過，它繼續飛向它更大的計畫、更深的傾心。

維持那個幻象

我擺脫不了如此之念頭，想去征服、去壓倒、去全面虛構。我已失去耐心待在原地、去等待對的時機、對的人。

我曾以為找到對的東西，但待狂喜褪卻，它們顯出自身的繁複。不對的那麼多，淹沒了對的。我得打造另個幻象，維持它，令我的心與命運得以相容。

雨水的夢

那天，清晨醒來，雨還沒停，儘管知道是夢，我仍褪不去周身浸染的霧氣。

夢裡，有個綿綿雨夜，雨水從最開頭就透出不尋常的堅決，空氣裡漾著不祥。果然，雨愈來愈密，直到再不是一場雨籠罩了一座城市，而是一座城市之掙扎地由雨絲最裡頭長出。

人們守著廣播，關心情況，佯裝沒事，聽著雨勢的更大或更小。然後城市陷入沈睡，然後懷抱希望地醒來。雨停了嗎？世界還好嗎？等上班日常重新驅動就沒事了對吧？耳語浮浮地蔓延。

雨沒停，更糟的是，白日也無到來。接著，牆上的鐘停了，所有的線路都斷了。……人們苦思著。窩在沙發，用力聊天，說著笑話，像是怕誰會起了心要擔憂。

一陣子後，睡意來襲，那份不容分說，像窗外的雨。人們再次醒來，再次睡去，再次醒來，再次睡去……。雨不停，白日不來，無辜的城市被封凍。

然後是我醒來。雨聲點滴，或者那個夢並沒結束，我去了那個世界，卻被遣回。那裡仍古怪地運作，輻射鋪開，帶來無法辨識的牽動。

在後來的日子裡，沒有任何事情發生，我起床，出門，上班，下班，回家，就寢。空氣中盛著曖昧，電話鈴響，錯寄的郵件，上下班途中哪兒傳來的什麼響聲，我被吸引往在此之前並不存在的遠方。我走著，感覺將進入消點，去到新一世界。

雨水的夢，透著誘惑的甜，與人生對作豪賭的苦。可事情還沒發生，沒有發生。靜默如牢籠。

那一天後，數不清過了多少日子，我的城市真來了場夢中的大雨。沒有人知道那自哪裡來、為何開始。當夜晚覆下，雨自窗與門的縫隙漶進。爬上樓梯，走進臥室。先蜷居床底，接著上床。它們分享夢境，隨即滲透，進駐地炮製夢境。

不再有城市。雨水成海，一波波在各處溫柔又堅定地叩出遠近不同的聲響與回音。

懸浮的孤立之所

我想整合我的機器各部份的接收系統，把我們的生活變成一幕幕的畫面。……就像一本持久又清晰的相簿。……結果，我有項令人驚喜的發現：經過一番努力，把機器各部位的資料相互協調聚集在一起後，我可以讓人重建原來的形象。我如果拔掉放映機的電源，他們就會消失，他們只活在過去那個時段，也就是被拍攝下來的那些場景。這場景的影像結束後，他們會重複原來的畫面，就好像唱片或影片放映完可從頭開始。但任誰都看不出來他們跟真人有什麼差別（他們好像在另一世界往來活動，偶然地和我們的世界接軌）。如果我們認為身邊周遭的人有意識、有知覺，也具有其他有別於物品的特質，那麼，我們就不能用任何狹隘或絕對的理由，否定從我的機器創造出來的人同樣具有這些特質。

所有的感官都協調一致時，靈魂就出現了，這是可以期待的結果。……一個可以一直潛藏在唱片裡的東西，一個只要我移動開關按鈕，就可以讓留聲機運轉、原音重現的東西，這樣的現象不能稱作「生命」嗎？……你們，多少次質疑人類的命運，多少次挑起那些古老的疑問——我們要往何處去？我們要長眠於何處？那不正像一張唱片裡從沒聽過的音樂，靜待天意安排，看何時再讓我們重生？各位，難道沒有察覺人類的命運以及影像的命運，其實是以同樣的方式作平行的展開嗎？

——阿多弗．卡薩雷斯，《莫雷的發明》(*Morel's Invention*)

小時候到親友家作客，大人允許怕生的我拿著相機、攝影機或任何捕捉景觀的器具，透過它，進入陌生的環境。藉由螢幕的間接性格，之於事物，我與它們不再真在同一現場，不再被降臨給我初照面的尖銳。

多年後，我仍記得那個反悖——創造一種有限的看，由此成為現實的一部分，展開推遠的旅程。

現實更像是古老的暗箱裝置，一樁個別化的操作，一處強制性的場域。一個分心，不再看得到真相，有著的只是從宇宙看來的某幅現實的體態——現實擁有此或彼的一件顯像，該事實已然成立，凍結地封於宇宙。

中介於人與現實，暗箱是個懸浮的孤立之所。比之於人的視覺，暗箱的成像是確定且無混淆的。牆上開一口，孔徑轉述了外頭的世界，圖景成形由符號的積累、組裝，沒有人為的損益。暗箱建構由光學法則，再外推到獨立於現實的平面，現實在那裡獲一模樣。暗箱中人們的看到，不再是拉扯的視覺活動，而是在被部署的環境中獲得某一處境。

現實的運動與時間發生給觀察者，可在暗箱，人退居為鬼影，窺視著光影遞移。世界仍轉著，卻與我們毫無關係。這一直是我喜愛的意象。

那個密閉是神秘的，嚴格的幾何織出宇宙，每張圖景不再有解構的餘地，反而是，當太入戲，該些圖景要瓦解我們的現實。

暗箱模式的看，關於被造起的某獨立密室，壁上有一小洞，影像順隨地因光而顯出。待在密室裡，看著，圖景自孔投進、在牆上展開，那是暗箱外世界之唯一表述，是它唯一能理解的真理。

通常的看，是人將自己的眼睛架在現實上，調和雙眼像差，領略各自的看到。人處在現實，身體佔據位置，世界被框取。我們通過自己的眼睛，抵達那某個什麼。

怎麼看，就獲得怎樣的現實。一回凝視、一回瞥見，富有層次的動態被記敘。換上另一套鎖定、另一筆進路的看，然後是新的看到。一筆接一筆對現實的註記拼裝著，但怎樣都無法完美對上。心靈畢竟是不可共量的。

隔過一層的看，箱子外頭的物被攝出像，事實矗立。暗箱的視像與現實靜默地端於二元，凡在箱裡，事情就不會超出孔與被投影牆面的默契。箱外現實如何錯綜，一經小洞切割，該個流動只在被劃定的範圍；一個註記、側寫的身形，被貯存在暗箱。

我幻覺般的腦內圖景，是被變造的現實。可是，一如暗箱之像的孤立，此些畫面不曾要與現實有所抗衡，而是對準某一現實塊落，從那裡取出了「像」。那不是疏離的魂，不是繾綣的魄，那是對魂與魄之於肉身糾葛所拍下的一幀快照。

載浮載沉，我看著悲歡離合，可這整幅圖景發生在某個箱中，那是倘若我不在那裡、就不會看到的東西，但另一方面，無論我在或不在那裡，它仍結實而漠然地成立。如今，不再有那樣的暗室，讓我神迷地仰望從小孔射進的那成像質素與對焦都簡陋的顛倒影像，沒有遊樂園帳棚，讓大人小孩看著一道來自頂篷的光如何憑空變出了屋外地景。

這代人有了各種機具，肉眼就可看見曾經無從想像的遙遠與細微，不再勞煩地拐進暗箱底，看著光的顯像日升月落，黑暗中、整個海市蜃樓。而我們亦是由此開始不相信還有另個世界。

我仍戀戀此些圖景，古老的奇觀，我被偷渡入古老的暗箱深盡。

歷史的他解，對人間的眷戀，單一時空旅程含括不了的對世界之凝視，我在瞬間跨過臨界，來到不合時宜卻聲光輪轉之單向度卻飽和的大千世界。緊閉上眼，看著，如此不可能，毫無破綻。真實如現實，而現實則正如這份虛妄。

我所沒記得的，物都記得

我走入冬夜，那個夜晚因為天空中的光芒而顯得五彩繽紛，這是那些明亮的夜晚之一，天空裡星辰的距離是這麼地遙遠，分散得又是如此遼闊，天空看起來彷彿是散開了，它被拆了開來，分成一個又一個迷你天空，像是迷宮中的隔間。這些迷你天空多到可以瓜分一整個月的冬夜，且每個都大到可以籠罩著整個夜晚，可以用它們銀色、佈滿花紋的燈罩把每個夜晚所有的現象、冒險和嘉年華全都包進去。

……那一晚，天空把自己的內在裸露了出來，像是許多解剖標本，展現出螺旋狀和具有多重層次的光、一片片夜之綠玉的剖面、空間的血液、以及夜晚迷夢的組織。

在這樣的夜晚，走在堤防街或是其他幽暗、彷彿是縫在集市廣場四面襯裡的街道上，是不可能不想起在這麼晚的時刻，那些奇特、誘人的店鋪有時候還有幾家是開著的——平常的時候，它們都是被人遺忘的。我叫它們肉桂店，因為它們拿來做鑲板的深色木頭就是這個顏色。

> 那些高貴、開到深夜的店鋪，一直都是我夢寐以求的事物。
>
> 在燈光幽微、昏暗又具有儀式氣息的店鋪裡飄著一股深沈的顏料味，混雜著漆器、香、遙遠國家和稀有物質的味道。你可以在那裡找到煙火、魔法的小匣子、早已滅亡國家的郵票、中國印花紙、靛青、馬拉巴爾的松香、珍奇昆蟲的卵、鸚鵡、巨嘴鳥、活的火蠑螈和王蜥、蔓德拉草根、紐倫堡的機械玩具、花盆裡的何蒙庫魯茲、顯微鏡和望遠鏡、還有最重要的——少見、獨特的書籍：古老的對開本，充滿希奇古怪的插畫和令人暈頭轉向的神奇故事。
>
> ——布魯諾・舒茲，〈肉桂店〉(*Cinnamon Shops*)

我老面臨如此處境：整理東西時，我得立刻決定當場物件的去留。在該個時刻，它們只意味著其所來自的生命事件需否珍藏，但若不立刻做出判斷，物件將隨我共度下一筆時間，然後，它們的意義不再關於原來自的事件，而是關於從我遲疑了、沒拋棄它們的那刻起，接下來的時間。

嵌進我的時間，我就丟不掉它們。我的公寓被填滿，可我的心，我的眷戀，卻永無饜足。

每一物件，關於這或那個故事，它們曾支持某事項的成立；當事項終究崩塌，物件是證據、線索，還原著我的歷經，重塑時間。然而，留下來的，不就只是留得下來的嗎？

像是我從歲月大火搬出一件件家具，要藉此重建某段人生，可事情並非如此。在其中一個可能的人生裡（或許正是眼下這個），我確實獲得了重寫的機會，但每件物事卻各有心事，它們拒絕了整合的提議，不願為我回返某個活過。

滄桑的物，不是記憶殘片，每個都是自己故事的發動點。它們或曾關連某個現場，可在那裡，它們其實未曾被看見，稱不上在席、也非缺席，就只是背景。它們是可被取代的背景元素，是無所謂被聽見的白噪音。

只要等得夠久，都是你的。有句話是這麼說的。這些物真等到了這天。它們進駐前景、進駐目光；這次，我看見了，放在心上。演繹開展，縟麗的花毯。我稱它們為時間的痕跡，像是在它們來自的時間底，我真曾看入眼、真曾在意、真曾記得。

可我沒記得的，物都記得，它狠狠記得我的不經心。如今，它們企圖透露什麼，那不是我想重來的往事，而是歲月裡的我的錯過。

帶著傷痕的物，隨我的感傷，浮出微妙的笑，引導我將它們標誌為記憶的重點。接下來，它們將炮製記憶本身，宣稱那就是全部，排擠了一切真曾發生的。

這些物，倒轉情勢，復仇地令原本主角從記憶中脫落——不是被遺忘，而是不可能發生。漂流在空無的風景，永不降落。

兩種生存圖景

攤開紙，寫下第一個字、第一個段落。以一句話劃開寧靜，對著誰，說出什麼……。這是困難的，當每個開始，得伴隨某個為什麼。為什麼……事情會開始呢？

自然中，事項相依憑地構成平衡，一個波動將牽引新的發生或滅絕，每一樁存在催生由前個局面，將催生新一局面。生活中，終結與開啟的每個轉接點上，我被推到浪的最前端、將撞上未來、將被覆滅。前一刻的運動瓦解、未來融進過去，我身陷更大的歷史。每一樁存在，成為虛無的某個面貌，我的做與不做，都無所謂。

然而，人的世界裡，一句將由我說出的話，我若不說，該話語將連動的情節永不發生，而當我說了，再單薄的內涵亦可多向度地刺入現實，永遠改變了誰的生活……。

順隨或主動，兩種生存圖景爭奪我的直覺。每當我自以為依由純然的律動行事，就有另個道理蒙上，令我迷惘。

順隨的邏輯底，底下的什麼被推擠浮現，它們被動地等著獲得輪廓、屬進脈絡、對誰的生命造成干預，由此被成認為一樁存在。主動性創造，則是另一圖式，那要劃定脈絡、發動針對性行動、每個掠過的意念，都要發動更大範圍的存在。

永恆的氾濫與匱乏

我總是掛念著想發展一套技術，通過它，生存可以獲得更為清晰的圖景。那該是個秩序嚴謹的過程。首先雕塑結實的自我狀態，接著將這樣的自己投入混沌，破解虛無。

離開制高點，潛入現實，讓設定的自我融入新脈絡，在裡頭發展直覺，隸屬進全新的動態平衡。在這階段，世界是無聲的。人與世界連動，意念勻稱。一個和諧的所在。

被收編的流動，仍是更大混沌的一部分，外頭的漶動仍牽曳它，差別在於，此刻我們已擁有一處邊界，不再輕易被現實撼動。接著，當有新的遭逢，我們走上前，試著理解湧上的直覺，是屬於舊的自我嗎，或已是新的呢？

我們來到相對安靜的生存狀態，不再有原先的靈活，必須更小心。這階段若作了錯誤判斷，會造成更大的傷害。這樣的過程，需反覆歷經，直到原本的自我蛻去。

當淘洗到更為純粹的自我，人各自的「非如此不可」慢慢確立。從這時起，我們能更澄澈地看。微細的成分，事物的邊界，終極的線條，都那麼清晰。

我感覺自己在等著某個答案，它或曾抽象而遙遠，可通過一次次的框取，我往那裡逼近。我讓空氣更流通一點，緩和因專注所帶來的緊張感。如果這是收成的一刻，我得做好在這之前所有該做好的事。

從空無之中造出一件存在……。生命中，我持續演練整套流程。許多時候我甚至感覺到這無止的操演，讓我成為一齣有限的劇場，某個擁有更多可能性的我的人生，被我親手抑制。

秩序的透明的美，一切流動被落定了某種看待。非如此不可的斷然，我願為此付出代價，開啟能相容於這個世界的我的創造。

每日，我面對這樣的問題，一是永恆，一是永恆的匱乏。永恆，也許是擁有後設天賦的人類之某種幻覺，但延續一輩子的幻覺，只能是我的生命的一部份。而永恆的匱乏，每一天、每一人、另一天與另一人，徒勞與荒謬，正是現實。

錘鍊一個對的形式，以非如此不可的模樣，在永恆的氾濫與匱乏間存活下去。

著魔的主動者

生活中，我張開口、抄起筆，順隨意念，說一段話、寫一落文字。被炮製的什麼，之於現實有怎樣的關係？它屬於之前那一刻，還是之後那一刻？或以上皆非，我只是自連續的時空擠壓出一個與彼一個新宇宙？

之一

我想留住時間，我將日常流動轉換為表述，但轉換也需要時間，過程本身，算得上世界的一部份嗎？

我想得很慢，在歷程裡卡得太深，我該如何理解一無所成的日子？我屬於過去，還是未來？陷入思索的我，被排除在時間之外嗎？還回得去原本該在的階段嗎？

凝視著，我後設(meta)某個場景，也就後設了時間。我從時間之流退出，來自此刻的靈光，卻被我歸給前一筆時間。完結的所在，我硬將它啟開，連上更大故事的共同寫作。

之二

現實的不均勻總引我擔憂。時間的組成，每一項都爭取著要把整體流動、往自己這邊拉過來一點。時間不在乎我們，不在乎失衡、不在乎耽誤誰。

當在意得太多，這個世界再平庸，仍無法只是白噪音，它是無數蟬鳴各自敘寫的夏季之總和。在這樣的憂鬱底，我想朝著海，張開雙臂，感受那不可抵禦的流動，感受人的渺小，獲得平靜。

之三

承認此與彼邊，卡在兩個結構之間，感到為難，感到錯亂。

我想造一個思考機器，切換鈕掣，一個念頭從外頭包覆來，另個念頭會在下回合從裡頭強勢地往外取消。這麼樣任性地來回，不再感到來自特定一邊的窒迫。

當前往另邊，我不是躲避，而是暫擱此邊的權柄，揮舞彼邊的魔杖；我不要被平庸所吞噬，不要被迫入共識的人生，但我亦不會以為無限上綱的自我泅泳，是該耽溺的夢。

停下來拍張照片，停下來對你說話；以自由意志，我停下來、作些什麼……，時間無法化約我，沒有預設的格式囚禁我。

我是著魔的主動者。從哪裡來，往哪裡去，說一個全面的合理故事，延伸的事實成為待配置的段落。一次次更基進的操作，直到破解每道界線。從此之後，對我來說，現實不再是難題，自我也不是。

不可抗力（Force Majeure）

比一切規範更先驗，生命為兩股不可抗力（Force Majeure）抵住，一是順隨地被吸入人群，一是扼住生存的嚴峻渴望，愛上了誰、想做什麼、非得投入或掙脫什麼……。兩造對抵，徒勞的虛無、凌駕的驕傲、落敗的自我憎惡，決定了生命的體態。

如何為一件事，放棄其他？聽由自己的心，為什麼這麼難？多少練習，多少自我催眠，在醞有內在悖反的不可抗力面前，都不夠。與生存對峙的每個長夜都是無盡。

這樣的時刻，我有一帖緊急咒語，「虛假的強悍，瘋狂的勇敢（the phony tough, the crazy brave）」，拿燒灼的狂熱，組裝起結構，自我期許為一座移動碉堡，衝上戰場。

更有重量的黑

清晨醒來，我已知曉這一天，已度過這一天，無數次度過。我預見將看到的事物，做出回應，結果俱是確定的。將染上給我的感觸，列隊成旋律，一開口，我要唱了起來。

我看見自己，彆扭於那個似曾相識。然而，其實並非似曾相識，它們正是同一個。事情並非複製、模仿或重演，我一直都在同樣的情境裡。就像盒子每角落裝著事項，如何亂走，在延伸的日子裡，重覆到訪。

我集中精神要創造一個結構，想空有骨架的事物就無所謂厭倦，想憑空的捏造將能洗刷新鮮。然後，我有了個結構，但裡面什麼也沒有。我怎麼可能真擺進同一批東西，假裝那會被轉換得新的意義？

空氣冷冷的，我感到絕望，再也不會有新的日子。空氣瀰漫，它未發現我做過努力、我曾在場。天未亮，我在枕頭埋得更深，找尋更有重量的黑。救我。我聽見自己說。

我的平行人生

時間將繼續流過，如同它已完成的；那些被踩踏著行經的，將轉換成更沈的存在。感觸、記憶、經驗、生命知識……，它們的繁衍非磚石般疊起，不是觸生地長出肌理，而是牽扯著，編寫界線，支持彼邊那個憑空造起的故事，在那裡取材，為自己建築迷宮。

一直以來，我很難辨識某條特定的線，停在上頭。

只有一個生活，就在這裡，在我眼前。窗外的樹，一年兩次開花，花開花謝。鏡中的我變老，屋子裡剝落的漆、斑駁的家具。我該知道那是歲月經過的方式，可我無法在心裡，真正懂得。

時間困擾我。我關心的不是失落的青春，而是物事的繁衍。我想開口說些什麼，可正在此時，又有更多模樣浮顯。

終有一天，我不會再說，終有一天，我會離開。在一個比所有的平凡都更模糊的午後。去一處崖角，制高地看到海，天色變幻，與自然對峙，此與彼邊抵著，陰影無處容身。

我不陶醉美景，不冥想融入宇宙，我將在那裡架起望遠鏡，鎖在同一方位，景框裡是我的公寓、我的社區與朋友。看著，我的缺席讓出欄位，那個空白，一日一日，被什麼滲透、填進。直到不再成立。

而我仍在這兒，晃蕩著。我的平行人生。

成為系統的一部分

翻讀年輕時的情書，驚訝於我已遺忘那麼多，我忘了多數的她們，忘了信中映射出在不同戀情底不同地變身的自己。濛濛的女孩，她們忙碌於某個生活，平移於上與下一落時間軸，佔據戀愛中的角色；她們穿過城市，僻靜的小徑，已消失的場所。除了愛情，她們有別的身分，別的表情，秘密地進退哪裡。

絮語的甜，性的熱切，信裡，她們編織某種色情、某種情調。可我讀著，一次讀完，讀到的卻是我們協同構成的系統之逐日被掏空、系統之可被掏空、終究被掏空。

這些戀愛的鋪陳透著非現實性，我們互拋著無人見證的事件，做過的夢，閱讀與思索，互文增生，投影地匯出紮實的點，成為彼個時刻的她們與我所承認的現實。

放下信，我明白，日子愈到後來，系統的瓦解愈是必然。信中的往事並非不在哪個地方，而是，它不存在於時間。

自作多情的觸動、無對證的記憶、無所寄託的著魔，要得太多、在意得太多、愛得太多，她們與我，之於世界的活著，每個時刻被吸進更深的夾縫。

如今的我已被放逐，離得好遠。我回想那些信，卻覺得比原本，更屬於這一刻。一種奇怪但終究的自由。

……成為系統的一部分，意思真是字面上那樣，你得成為系統的一部分。系統之大於你，並非因為它是由像你這樣的小部位所組成，而是因為它是先驗的、更高一個階序的。

作為自己、成為自己、以該個自己去攪和，儘管那多麼像是一樁悖論——作愈多，動用得愈深，我們就愈脫落。……字裡行間，女孩們與我談得最多的是永恆，可永恆或者從來只能是，自現實脫落。

該些段落終建構完成了嗎？歷史的卷頁評斷了一切，走行其中的我，與她們，既不是對的，也不是錯的，我們只是不在那上面。

迷宮中央的獸

倘若一本書裡有一落階梯，旋律裡有錨定之繩，電影是一扇門，那麼，一本書讀過一本書、旋律流向旋律、電影中的電影……，階梯連上階梯、繩結住繩、一扇門推出接著又一扇門……。一直下去，會怎樣呢？

我不會因此攀上任一處制高點，擁有更清明的視野，那些長長的路，構連著、繞出迷宮，我成為最中央的獸……。

有時，時間似是線性的，另些時候，它是環形、螺旋或無數瞬間的散置，再另些時候，它是條不回返的線，穿入一個與再一個不同介面，兜起的樣子，從最外頭看，顯出無限回歸的意味。

年輕時，不知道時間的結構可被改變，不知道永恆、不死、青春永駐，無論可不可能，那總之是很容易可以感受到的東西——你只要放開自己，不懷疑、不分心，隨一落階梯連通下一個、一條繩勾纏下一條、堅定地推開門……，只要這樣就夠了。

一個點上，我發現自己遺失了現實的肉體感。對生沒有好奇，對死沒有恐懼，痛只是另類的恍惚。

原來不是每個人都是現實的部件，我可能隸屬給一個漂浮的幻覺整體。如同那些被寫出的書、被譜出的曲、被連綴著一格接一格的畫面，它們不支援所在的時代，僅僅為了未來的夢遊者，鋪設金色大道……。

含括了謙卑與缺席的永恆

所有的敘述都崩解了，主詞變得可疑，支撐話語宇宙的時間，宣告了自己的脆弱。事情就是這樣，如此單純。

我想寫下什麼，有時我無法不清明，有時我無法清明。我在散亂的紙張，散亂地寫下字句的所有可能，與所有不可能。

我感覺我的活著充滿縫隙，我曾以為那是些例外，可原來，整個敘事之得以啟動，那個初始，才真是例外。建立在此上的屋牆，不得不是齣含括著本質性空餘的神秘結構，一種含括了謙卑與缺席的永恆。

如何度量得到的無限，都只是無限。沒辦法再比這個更多。

Q渙散地談著他已死亡的婚姻，回溯當初為什麼要結婚，回溯他的這個與另個選擇。

Q說了這樣的概念，我困惑地聽著，Q說當決定要跳進自己並不隸屬的變遷，他想的是那無數的人們，都曾面對如此難題，卻仍投入並不認為適合自己的位置。

Q說，人啊無論要作什麼，或許我們仍該壓抑自我，撐出一個日常而現實的形體。而婚姻，無論那框架是否適合他、但既然現身了、就跨進去吧！

我分心亦專心地想，或許唯有親手把自己放進某種雙層性，確認更基進的思考所意味之朝向虛空，才能如他這般創造新的現實？

當人以此刻的選擇，走上原本壓根不可能的某場景，該個進入，不也改變了處境之先驗法則？……當我將自己放進不可能的現實容器，意思其實是，我可以創造並進入另個不可能的容器。

Q說著話，顯出一份缺乏整體性、拼組而成的不穩定感。我想拍拍他的肩表達支持，又或者我想遞去一份存在感。可我不由得擔憂，一拍他，他就要消失了。

那種有另一個全然無關世界在悄悄支撐著的人生，像特務題材的故事，總讓我感覺更真實。在那樣的人生裡，真正的活著不在這邊，也不在那邊，而是夾在其中，連一次呼吸都不容許失準的恐怖完美。

那樣的人生有種層疊的錯亂，而那正是我在每個日夜臨界也看到的東西。……平凡如我，原來也為另一個世界所瓜分。或許這世界的堅實，依靠的不是構成材料，而是其間的平衡。當太想要另一個世界，那將籠罩給我一個既非在面前，也非在身後的，懸著的怪誕。

若此刻有人碰我，我會立刻分解為微粒、灰飛煙滅……。更真實的我，已不在面前這現實。我已被掏空，無論這是否通往我想像的哪個世界，但總之此刻我已被碾壓得空乏。

Q仍不歇地說著。他長得和我一模一樣，某個我還記得的自己。

幸福結局

凝視街廓，終被吸進一處消點。看，然後看不到，被提示了世界之有終盡。可我仍感覺，該個邊線其實成立由虛線，空間將長出層階，長出未來。

我仍相信某種圓滿，延伸到異地，延伸到他人，圓滿是一個以上的夢境與願望。我相信幸福結局，儘管為路的中途所吞噬，結局仍在結局的地方，等著抵達的人。

現在，豐盛而悲哀

我站在這一刻，可以看到全部可能的下一刻。這一刻稱做現在。

我看到無數的可能世界，但無以確定正在哪一個。有個錨定的方式是這樣的，拿數個看似無關的事項，圈出特定一個世界。例如，當這是「紅衣女子將傘忘在咖啡館」的世界，那麼這就是「e隕石將撞上地球」的世界。成立的各個客觀事件，彼此確認。

我不相信平行宇宙，不認為每件事必引發另外的事，而只能確認「現在」之為某個點，在當場擁抱所有可能。

這一刻，扣著各種可能性。當其中一項浮現地催生事件，其他可能性亦獲得確認。但隨著該可能性的實現，其他可能性從此只是理論上的合理，卻不曾活過。

現在。這一刻，豐盛而悲哀，是我在人類史上鍾愛的時刻。

未來的動物園

「我很樂意雇用妳當侍女」皇后說，「一週兩便士，每兩天有果醬。」

愛麗絲忍不住笑了，並說，「我不要妳雇用我，我也不想要果醬。」

「是很好的果醬喔！」皇后說。

「嗯，總之，我今天不想要。」

「妳真想要的話也沒有，」皇后說，「規定是，明天果醬和昨天果醬，但從沒有今天果醬。」

「有時候一定也會出現『今天果醬』的。」愛麗絲抗議說。

「不，不可能，」皇后說，「它是隔一天果醬：今天並不是隔一天，妳知道的。」

「我不懂妳說的，」愛麗絲說，「真是令人不解。」

「那是往回活的結果，」皇后溫和地說，「一開始總會使人有點暈頭轉向。」

「往回活！」愛麗絲驚訝地重複。「我沒聽過這種事！」

「不過這有個好處，就是你會有雙向的記憶。」

「我很肯定自己只有單向的記憶，」愛麗絲說，「我沒辦法記得還沒發生的事。」

「只能回憶的記憶是很貧乏的。」皇后說

「那妳最記得的是什麼樣的事？」愛麗絲大膽地問。

「喔，是下下週要發生的事，」皇后不經意地回答：「比如說，像現在，」她一邊說，一邊在指頭上貼上一大塊藥膏，「國王的使者。他就在監獄裡受處罰；而審判要到下星期三才舉行，而當然，罪行到更後來才會發生。」

「萬一他沒有犯罪呢？」愛麗絲問。

「那更好，不是嗎？」皇后說，同時用一些緞帶綁住藥膏。

愛麗絲覺得這一點倒是不容否認。「當然那樣是更好，但這麼一來他現在受罰可就不好了。」

「總之，這妳又錯了。」皇后說，「妳受過罰嗎？」

「只有在犯錯時。」愛麗絲說。

「我知道，妳因此表現得更好了！」皇后得意地說。

「沒錯，但我之前先做了該受罰的事，」愛麗絲說，「那是完全不同的情形。」

「但如果妳沒做那些事，」皇后說，「那還是更好；更好，且更好，而且更好！」

她每說一次「更好」，聲音就提高一些，最後完全變成尖叫聲。

愛麗絲才剛開始要說「這當中有錯誤……」這時皇后開始大聲喊叫，因此她只好話還沒說完就停了下來。「喔，喔，喔！」皇后叫著同時搖著手，好像要把它搖掉一般，「我的手指流血了！喔，喔，喔，喔！」

——路易士．卡羅，《鏡中奇緣》(*Though the Looking Glass*)

剛認識時，我們去了動物園，度過愉快的一天。

那天，妳對我說話，聽我說話，專注地，如愈來愈深的夜裡愈來愈多的星星那樣一點一滴覆蓋了一切事情。妳將草食性、肉食性動物、將爬蟲類、將貓熊企鵝與無尾熊，都拭去，可愛的事情一概拭去，讓更美的蒙上。我記得那個下午。然後我們在大門口分別。

下次見，妳說。還想再來動物園，妳說。可以嗎？妳急著要確認。當然，我們要再來。我說。

這是許久前的事，此刻，我們早已成為相識多年的熟人，可那個再去一次動物園的約定並沒有實現，不，或說，沒有浮現。妳不曾再提起這件事，我或者曾邀約，而邀約或者因妳顯出聽聞陌生語言的茫然而迅速凝縮成某種脆弱的微粒碰地消失，似乎是這樣，或其他原因。我們沒再去動物園，沒去咖啡館，沒打過電話，我們夾在一群同事間用餐，然後我們夾在一群前同事間聚餐。

但我，不打算讓這個記憶，這個約定，變成永久關閉的秘密，亦不要是無法確定真做過與否的夢。我由愈來愈新的記得，預見了未來那個下午的一切細節。這是一個故事，我知道它怎麼開始。

日子過得太多了，以致於那未來的故事不僅已準備好，甚至長出一個以上的版本。無論是局部的，比如一天與另一天的氣氛和事項的順序；又或者是更大一點，比如我們繞行什麼陌生的路徑；又或者是全局的，比如那天瞭解到妳其實是個怎樣的人，信奉或背叛哪一套哲學。但整體而言，那是一個妳與我之間的故事，結局亦是美好的。

最後一格畫面。妳站在我旁邊，我們差了一個頭的高度，一如那天下午。在一個很大的空間裡，我們很近地站著。這已經發生過，將再發生一次。

故事已準備好，哪一天到來，就從那一天起。這不是戀慕的妄想。從在動物園的門口分別的那一刻起，我起造一個狀態，然後我凝視那個近乎極限、充滿強度的地方。

像無限距離的跑步，像將投入身體此與旋律平行的無限長度的演奏，像更不可能更超越的性愛唯一高潮之無限延後。……無表情地，頑強地，我維持該狀態，更高、再高一點，變成鑽石的頑強。我沒有在等待，我被自己上綱為時間本身。

那個未來的下午，各種版本的景觀相交疊。我看著。我在時間中撐出原不存在的空間，或反過來亦可：我在空間中構作出原不存在的時延，無限後退(infinite regression)。

一場必須的豪賭。贏了我會獲得裡頭的東西，變成我不曾作為的自己，擁有我不曾擁有的妳。

賭輸。由於我已不再是那個時間裡的那個人，而是另一個時間；倘若彼個時間，比如妳此刻正在的那個時間，壓倒地取消了我的時間，如此，那將一併取消我，我會在事情成立的那一刻消失。

像是我隱約記得或以為的那個關於再度前往動物園的對妳的邀約，我會在空氣中迅速凝縮成某種脆弱的微粒碰地消失。

我能抵達的巨型

傍晚要離開咖啡館時，聽到一個人正苦勸他的年輕友人關於未來的規劃。我忍不住看一眼那個和我應該差不多年歲的說話的人，以及那個年輕人，像是某張時空錯接的歷史畫面。

努力回想我的十字路口，卻一片模糊，像是不曾有某個特定的選項與志向，但我清楚記得那時刻的為難，像是當時真有什麼可權衡、可失去。

從此刻回頭看，當我因為任何理由往哪裡走，我其實就接受了該地所允諾的甜與苦。後來的日子裡，我想的很少是關於我所在的路之對或錯，而是抽象的、比如態度那樣的東西。

我具體地感覺著那些反省。一切我的選擇，我可以回頭，我可以改變主意，如同我可以留下來。我可能處境窘迫，卻因不必討好誰而驕傲，我也可能過得優渥，卻失望於自己的無法縱情。我可能是任一種樣子，有附隨而來的遺憾。但這些都不重要，因為根本沒有比這些選擇更前面的實存的我。我是我的選擇，這是我專屬的命運，深奧或膚淺，只為我成立。

我總是抗拒關於人生的教條話語，因為就算散漫或卑微，也有它的完整圖景。如何有某個選擇、優越於別的選擇？如何有某個生存的姿態、較其他更有資格自許悲劇的高貴？生命的縱深，非關較量，而只能深入自己的生命，從裡面找。

創造未被想像的存在

我不認為我們已經找到了真正的通往實在(reality)之路，儘管在過去的3500年中我們取得了巨大的進步，其中又尤其是近幾個世紀。我認為，我們仍需要全新的視角。……到底什麼是物理實在？……多數當代科學家認為，我們不該問實在「是什麼」，而只能問它「如何」作為。……我們該如何描述那些支配宇宙及其運行規律的法則？

但這是有點令人失望的答案，瞭解宇宙運行的規律無法告訴我們關於承載這種摁運動的載體本身的性質。「是什麼」的問題與另一個深刻而古老的問題，即「為什麼」，內在地聯繫在一起。我們的宇宙為什麼會採取我們所看到的這種獨特的運行方式？這個問題在不清楚「是什麼在運行」之前，是沒辦法說清楚的。

……先到審美的題目來談。物理學重大發展背後許多概念都可以看到美的要素，歐幾里得幾何無疑是美的，這種幾何構成了精確物理理論的基礎，即古希臘人的空間理論。一千五百年後，出現了異常優美的牛頓動力學理論，其深刻、完美的辛幾何結構後來由拉格朗日與哈密頓形式體系充分展現出來。麥克斯威電磁理論的數學形式同樣讓人賞心悅目，至於愛因斯坦廣義相對論的極品的數學美更是無與倫比。量子力學結構及其各個具體方面同樣如此，我只消舉出量子力學自旋、狄拉克相對性波動方程式以及由費曼發展出的量子場論的路徑積分形式體系就足以說明。

然而，我們可以這樣來設問：如果這些理論中的數學美，不是與我們的宇宙運行機制高度一致，它們還能像純數學那般各自獨立地熠熠生輝嗎？如果僅從數學結構考慮，它們撐得起與純數學中那些精品或燈塔般成就嗎？我相信它們完全擔當

> 得起，但談不上超越。純數學中有相當一部份內容，我們還看不出它們與物理世界之間存在明顯的關係，但它們的美不亞於甚至超過現有物理理論所表現出的水平。
>
> ……我們能指望未來的物理學能與更多深刻又優美的數學建立起緊密關係嗎？還是我們一直被迄今所見到的物理理論的成功所誤導，才相信數學與物理學之間的關係比實際看到的更緊密？……我們也可以這樣問：數學中是否存在某種方法可用於控制物理世界的行為？……數學之美，究其本身而言，最多只是一種模糊的嚮導。
>
> ——羅傑．彭羅斯，《通向實在之路》(*The Road to Reality*)

說不上是怎樣的直覺，我總直覺地要做些、之於當刻的我更遠且不相稱的事，一旦搆上，會有個凝重的瞬間，像由次元脫落，抵達本質性陌遠。

從所在的邊上脫落，只有自己的呼吸。巨大的寂靜與迫近感。

我看到不被允許的東西，潛入無法理解的景觀，買了不能負擔的東西。太跳躍的夢，未被想像的存在。然後我知道仍有許多可能，我只是不知道是否與我有關。

之於與自己無關的事，我們對峙著，無法證明彼此，只有日子每天打開時，那個微妙的熟悉感。

孤獨的起源

慢慢地我感覺，把我與世界隔開的，是我對某些什麼的愛。沒有人能像我愛某個東西，那樣地愛那個東西。

當愛著什麼，我愛的是它後頭無盡的繁麗。我想讓它演化，更深奧。辯證地、差異地、新的細節，那個什麼與我的相互開發。這是孤獨的起源吧？在何處，與誰一起，當無法一模一樣愛那個什麼，我與他，就無法共享某個生存依據。

現實不再是我的歸屬，那裡未容納愛意，沒有同路人，沒有儀式，沒有信物，沒有社團，沒有歷史與展望。我只有我所愛的東西，這麼樣的自己一個人。

另一次元的憂鬱

我遭遇一樁樁異象，可那並非異世界。我站在走廊開端，曲折地走，遇到半掩的門，跨進它，反身鎖上，房間與長廊消失。傾斜的、翻轉的、想像不到的，全部成真。它們不曾成真。那些門的外頭，如我的日子，模糊而安靜，不論門裡頭如何滾著又滾，兩造間結界肅穆地端著。然後，景象熄滅，什麼都沒有。

充滿意義的虛無

「你應該明白，科學關心的是事實，而非理由。事實是，一切都在那次X射線實驗之後的第八或九天開始的。也許是大海用另外一種什麼射線對X射線做出的反應，也許，是用射線刺探我們的大腦，結果在裡面發現了一些心理『包囊』。」

「心理包囊？」他這個說法讓我感到意外。

「是的。這是一些與外界隔絕的獨立歷程，記憶的火種自我封閉，悄無聲息，外邊圍牆高壘，而索拉力大海找到了它們，並將其當作藍圖來建構……你是知道的，腦苷脂是記憶活動的基礎，它的核酸結構與染色體的非對稱晶體結構極其相似。這種遺傳性的原生質是會記憶的。所以它把『記憶火種』從我們的腦海深處提取出來，加以詳盡記錄。」

——史坦尼斯勞．萊姆，《索拉力星》(*Solaris*)

在我生活的這日常，散列眾多項目，不管從哪裡起頭，項目間有了共振，然後浮現模式，再然後，以此一模式為依據的連動，去—返—去—返地自我絞緊，直到成為一部秩序，直到所有部件像是原就挨著彼此，長在一起。

儘管我的生活很大部分攀附在此一秩序，但仍有許多微小但強烈的光點，提醒著還成立無數史前時刻，在唯一與所有的歷史未落成之前，在秩序待正式結構之前。

清澈的望穿、稍縱即逝的意念、幾乎成形幾乎被聽見的表白、還沒拿定主意卻釋出的眼神、突然湧上的促狹、隔世的狐疑、並不以為然卻又拚命要追上的矛盾……，簡直是「所有」。像是支持秩序運轉的不是有效連動的物件，而是充滿意義的虛無。

必須找到一種方式，醞釀對此些種種的珍惜，以一種調侃和悲憫互為表裡的漠然，將它們一一指出。趕在世界開啟之前。

只有愛是不夠的

在書架角落發現以前很喜歡的書，我竟完全忘了它。想重讀，卻被滿滿的畫線與註記給打斷。那是深深在乎什麼、狂熱愛著什麼的我吧。

重回那個熱愛流淌的現場，不再有疼惜。字句仍透露空氣，我卻嚴肅而冷酷，怎麼也想不起那自以為是的甜蜜。是在那之後的多久，我才學會，就算是愛、如何的愛，仍從來不夠？

只有愛是不夠的，只有對某事的奉獻是不夠的。這種不夠，非關能不能把該事做得更好、活得更粲然，而是比這更之前的問題：光有愛不足以讓人活下去。……延續幾個轉角或許可以，但長久而言，是不夠的。

我仍相信這樣的道理，說是我們所愛的東西，也會愛我們。即使最實證的人也同意，深深地做同一件事、走同一條路，人終進入一個高純度現實，裡頭全是那些最希罕的、與此相關的事物。

然而這份深情，到臨界處，就停住了。我仍想要更多、走更遠，可沒辦法，我被困住了。困住我的的恰恰是那個由我的愛所催生那個愛我而我亦愛它，的東西。……它扼住我，我感覺自己將永遠被留在當場，和它一起。

起初，我為了那個傾心，從當然的路，轉進這裡。如今的我，仍記得那時聽見的聲音，但也仍如當時那樣，願意賭上一切，再往另個方向走，重新開始。

如何退出這個將我層層裹進的世界？劇毒的花香，粉色的鐵絲。優美的咒語放送著。我非走不可。可我怎麼離開？

此刻我感覺，我能依靠的，只有恨。對不自由的恨，對渴望自由的恨，對所愛的恨，對背叛所愛的恨，對疲憊與軟弱的恨，對不甘軟弱的恨；對無法活下去的恨，對執意活下去的恨。

熾烈的愛，被瀝成中性，被抽乾、壓扁，被偷渡給恨，形成一股全新的愛。……在到達新世界前，繼續恨，用恨創造那個雙層性，再恨那個雙層性。層層遞高，直到聽到新的直覺。

離開黑暗，光亮刺眼，一陣暈眩，我將重新看見。眼前一片荒蕪，什麼都沒有。盯著無限延伸的地平。……我才發現，這是一場我做過的夢。

生存最難的並非連串挑戰，而在於它們將我帶到一個平面，我卻感覺在該平面之外，仍有別的，我還想去那裡，看看有什麼，但若這麼走了，原來的旅程算什麼？

自空無迸出對什麼的愛，若是命運，我以恨做出對峙，對此一深愛做出等量的恨，以奪回、逆轉、超越。

我只會過一次我的日子嗎？抓住一切美好事物，我就可以介入生命嗎？我變得這麼揮霍，什麼都要最好的，最好的衣服，最好的情人，最好的旅館。我買下的東西，走進的故事，得是最好的，我不在上頭寄託存在感，也非有意識的審美，我感覺到一種永不要被驚動的理所當然。世界只有一個模樣，那是我將棲居的華麗視域(vision)。

或仍有命運為我埋下悲劇伏筆，我既不能擺脫愛，就得學會更多的恨。

荒島上的無限

什麼時候開始，我把日常活成一個荒島，不再嘗試離開。我感覺這樣的日子，比之前生活更為真實。現在沒有比較好，真實沒有比較好，而只是有種……誠實的清潔感、純粹的能量感、孤單的親密感……，那提示給我充分的自由與可能性，去創造一個獨立的世界。

當人際關係變得那麼隱約，我想起過往每段感情中最曖昧的細節；當人生不再有具體進展，我停止老去。我感覺，一切都是古老的，因此永遠是新鮮的。

我想起我曾經有機會，而我其實亦是願意的，讓誰進來我的生活，帶誰一起走，就算走著走著會失落這座永恆荒島。但他，或她，後來都去了哪裡？是在哪個岔口，我們同時遺忘了全部，突然變成是自己一個人在路上，且像是一直以來都這麼獨自地走。

但我仍相信得很多，儘管也許相信得太多。我相信我將遇到一個人，或一隻小狗，或一本書，或一首歌，然後我們會長長、長長地走。然後，終究，我會去所有的地方。

在這單一而唯一的荒島上，無可盡數的，所有我還沒去過的地方，

詩意的懸浮

宇宙的時空連續統一體突然出現小故障，產生了時震(timequake)，使得每個人、每樣東西退回十年，不管願不願意，都得完全一樣地重複以前所做過的一切。這種似曾相識的感覺將延續整整十年。你不能抱怨生活中毫無一點新鮮事，也無法問別人是你一個人腦袋出了問題，還是每個人腦袋都出了問題。

……在這十年重播期，你無法說出那十年間不曾說過的任何一句話，這是絕對的。而你上次沒能躲過的災難、你曾無法挽救的你愛人的生命，這一次，你仍舊無能為力。

……對我來說，人能創造的主要意境就是舞台劇。特勞特將舞台劇稱做「人造時震」。他說，地球人還不知道自然界有時震現象時，就已經發明了它。他說的沒錯。當布幕拉起，第一場第一幕開始時，演員們都知道他們要說些什麼、做些什麼，以及不管是好是壞的所有事情終將如何結局。但他們別無選擇，只能按部就班地做下去，像是未來仍然是個謎。

是這樣的，當二〇〇一年的時震將我們一下子彈回到一九九一年，它將我們過去的十年變成了未來的十年，到時，我們將還記得曾說過些什麼、做過些什麼。

在下一次時震後的新一回重播開始時，請記得：戲還得演下去。

——寇特．馮內果，《時震》(*Timequake*)

有時我覺得追不上生活。一封信件，一通電話，迎面走來的人說了一句話，世界變遷了。我沒準備好擱置全部，去到新的起點。

另些時候，我為重複感所迫，不因為事物的相似模樣，而是它們索求回應，而我總給出同一套東西。

拋出回應，情境到來，下一筆回應……。封閉迴路，場面一次次重來，世界自顧自成為它早已是的那天。陪伴我的，是無數次重演，是我不斷走離、未有一次回頭的人生。

不同卻相同的事物後頭，有什麼，將我裹住，那不是疲憊，甚至不是虛無，只是某種……背後的東西。

永恆回歸的徒勞我明白，創造差異的必要我明白。長久以來，我試著緩解種種消耗與空洞，回復力氣，發動更深奧的聰明，將日常活成一個值得的戰場。非贏不可、再贏一場、再下一場。像是贏，是為了將自己拋向新一回合可能的輸，而賭上全部，原來非關征服遊戲，而是變成它。

種種，我明白，這些概念亦已顯得樸實無害。我同所有人，平淡地，日復一日，操持此些其實偏鋒的演練。

創造差異，無論我在乎與否，辨識與否，畢竟這所謂的差異，定義了生命。創造差異，累積差異，任它懸疑，任它分歧，任它曖昧矛盾，直到收束整部個人歷史。像是一天與另一天、一人與另一人，真有不同。

若就該往前走，已在往前的路上了。若無論目的地，人就該鋪陳自己的軌跡，則我們亦已是這樣了。

如今，令我掛念的謎團，是這樣的：一個人、對著一處、朝那裡去，他或者眼中燒著希望的火，或者為宿命所迷惑，總之他毫無懷疑地走著……，可在他背後，那是什麼？

我感覺那是一個接一個的世界，關上最後一扇窗、最後一扇門，然後消失。餘下塵燼。我感覺有個結束的動作，一個一切已然結束，的結果，讓該些活著與創造、前進與差異，得以煥發、得以獲得新的活力。像是唯有全面覆滅，才足以交換到一堵真正的牆，倚著，從那裡開始。

像是它吸乾我的全部挫折，然後我有新的活著。創造意義，衍生差異，像是我真的自前一刻離開，披上新的智慧。……儘管事實亦可能是，我的一部分已然死去，事實亦可能是，一個又一個世界，代替我結束了它們自己。

事實或者是，我不是自己的原件也不是副本，我是一個故事的一處指定戲份。一齣生存之成立永伴隨一個場景、一塊史詩切片，我連動於眼前的世界，卻也永恆地不屬於它。……我不再孤獨，我正在所有感覺互吞噬後的沈靜。

在未來，在遠方，消亡世界的塵煙仍浮沈，但我不為不存在的記憶而多愁善感。穿越生存旅途，偶爾意識到某種詩意的懸浮。那些時刻，我感覺那是命運所搆不到、亦與它無關的，某個，我始終是我，的神秘入口。

斷然的話語

給出一落斷然的話語。一說，就畫下句點。沒有前提，沒有配套，沒有例外，沒有閃爍、緩衝、曖昧或體諒。邊界豎著，一次，整個框起。

關於它，我沒有相信，也沒有不相信。我如何置喙？我搆不上那個位置，那個維度。我從空氣中取出，知道那是對的。像一行咒語，像一行祝福，裡頭裝著唯我能感應的世界。無論未來怎樣，我既給出，我與那裡，就這麼親密。

心跳得很快，汗珠滲著，正是這樣的我，這個我，一段斷然的話，世紀之前的純潔。說出來，我就可以融進它隸屬的純粹。

朝更深的夜航行

並非走向夢的中央，是走向清明。我即將被喚醒。

我終會將我的夢，看為唯一的清醒。我曾想像和這個世界接上，後來，我無法忍受那裡的粗糙、愚蠢、墮落或僅僅是平凡。但不再有什麼能阻擋我，我朝地平線走，朝著蜃影或希望的東西。

此刻可鄙的遭遇，不過是將醒之時，混亂的小小的夢的片段。我繼續朝更深的夜航行。

重新年輕一回

「走，我們一起回去。再一同重新年輕一回。」

——克里斯多夫．諾蘭，《全面啟動》（*Inception*）

過了某個點，我想往回走。過去，已褪得模糊，隔過層階的糾結，變得抽象而艱澀。我才明白，年輕時的輕盈，源自某種如今已無能拼搏的沈重，年輕時的沈重，源自如今已無法相信的輕盈。

人總從新的夢爬出，回到綿延的舊的夢境。時空一處，仍貯存某時點上年輕的我，他會一直那樣年輕，我想再見他一回，再年輕一回。像是新的夢與古舊的夢的相遇。後來的我仍活著，改變了模樣，不同的與世界的拉鋸。陌生的夢中的我，如此飄忽。

星星的模樣

我掄起胳膊，狠狠在她的左臉上打了一巴掌。……我們兩人在一種恐怖的氣氛中怒目相視許久：整個世界彷彿消失了，我們正在空中跌落。深淵可能很窄，但它是無底的。……我們在那裡默默站立，在我們的全部過去和我們的全部未來之間顫抖著，搜尋著。在那一刻，裂變與聚變間的差別，在虛無之中，在最微小的動作之中，在背叛和進一步的誤解之中。我終於明白了最後的真相。

其實並不存在監視的眼睛，那一排窗戶後頭沒有人，是空的。整個劇場也是空的。事實上那裡並不是劇場，他們也許告訴她是劇場，她相信他們的話，我又相信了她的話。也許這一切全都是為了把我引到這裡來，給我上最後一課，進行最後的考驗……。

像《阿絲特蕾》(*L'Astree*)裡一樣，任務是把獅子、獨角獸、魔術士和其他神秘的怪物都變成石頭雕像。……一切全合邏輯了，上帝的遊戲達到完美的高潮。他們隱匿起來，只剩下我們兩人，我完全肯定，然而……

經歷了這許多之後，我怎麼能完全肯定？他們怎麼會如此冷漠，如此無情，如此漫不經心？把骰子灌了鉛，卻又退出了賭局？

她一動不動，……過了一會兒，她抬起頭來，臉上的表情與聲音和言詞一致，是一種仇恨，一種痛苦。但我還是依戀著那對熱情的灰眼睛中的某種東西，某種我從來沒有見過，卻又一直害怕見到的東西。它是隱藏在一切仇恨、受傷害，與眼淚後面的本質性東西。一個小小的步驟正在醞釀，一塊被打得粉碎的水晶正等待再生。

她又開口說話，像要把我從她眼睛裡看到的東西抹掉。

「我確實恨你！」

「妳不可能恨一個真的跪著的人，沒有妳，他永遠只是半個人。」我說。

她低著頭，埋著臉。

她沈默不語。她永不再開口說話，永不寬恕，永不伸出手來，永不離開這一凝滯的時刻。一切都在等待，在懸而未決之際。

秋天的樹，秋日的天空，無名的人們，全都懸而未決。

一隻黑鳥，可憐的傻瓜，不合時宜地在湖邊的柳樹上歌唱。

別墅上空飛過一群鴿子。破碎的自由。偶然間，我想起了一段文字變位遊戲。

不知哪裡飄來一股燒樹葉的刺鼻氣味。

cras amet qui numquam amavit
quique amavit cras amet
（讓從沒愛過的人獲得愛，讓一直在愛的人獲得更多的愛。）

——約翰・符傲思，《魔法師》(*The Magus*)

某類型的世界裡，抬頭，會看到一顆星星的不同影像，那是它在時光之海不同階段的模樣。我的世界也是這類型嗎？是否也有全序列的我的影像，在黑夜裡層層遞遠？

行李收拾好了，那麼簡單，幾乎裸身地退出一段我仍用心的歲月。環顧這個公寓，好甜的氣息，原來無論我再怎麼漠然，活著本身終是甜的。我要離開了，像是我不曾到來。其實我不曾到來。

這些年，這城市的前一日與後一日並無不同，人們的容貌在上一刻與下一刻並無不同，我的思緒的上與下一段落，同模樣增生。這不是似曾相識的迷亂，也不是無限凝縮或延展的虛無。在一個與另個切片的間隙，世界由影像組成，而影像不會死。成立了，就會在某個敞開或幽閉的場所，無止地演示。

那些影像並非活著的痕跡，而是活著的本身。當未曾追究另一種生存的事態，一生，是夜空跨開的博物館。

活著，承受某一落物理法則，與其他事項連動，在效應間留下雜沓的證據，影像由此成立。影像以其相似與不死，賦予我們生存某時刻之沈重與單薄的悖反。

我記得此些影像，我甚至懂得其中大部分。那些框格裡，有個模樣，神似我的臉容與身形，說著我會說的話，做著我仍記得如何完成的事。影像歷經了起頭、中間、終點。一個事件，一個表情，混著臨界上的平淡與極端，該個相像於我的什麼，鑲嵌於完成的景觀。

但那些景觀，儘管、幾乎，透出溫度與慾望，當為框格禁錮為薄片、某個「一個」，它們就無法演示任何之於生存的制衡。此些影像只是純然的投影（projection）。

真實的活著裡，我無數地進出影像，我創造與調校整幅投影，鑽入裡頭，獲得各種入戲，淬取感受，鍛造意義；又在時刻凝凍之前，棄置身體，將情節封存。然後我離開，前往下一回的攝取與展演。……關於這些，我沒有相應的畫面，可它們俱註寫給我無可能混淆的膚觸，以及對時間的感覺。

我似乎參與了此些影像，但它們無法標誌的是，我在這之前、之中、之後，對每個確鑿或恍惚的視象，進行了如何的意義的搏鬥。

當影像成立，我已不在，而與其說它們通過我的離開而成立，不如說，我為了離開，而讓影像成立。那些切片是我於彼些時刻的一些投影。一切已然關閉，非關真正的結局。我在遠一步的地方。勒令框架，完全建構，我是我的正在虛構。

跋文

虛構的科學

黃以曦

我看著一處。那裡永遠是個框格，裡頭有場景。我不屬於那個空間，亦不屬於那個時間。場景裡每元素完美嵌著，朝它的遠方流去。

就著凝視，好奇地想做些什麼。我猜，一點點調度，即可達成翻轉的改變。裡頭的人們，無曾知曉我與我的世界的成立，如同他們不知道自己之為框格的高牆所廓限。

比之那裡，我的所在，高出一個維度。我看得到他們故事的稜線，空間與時間彎扭但合理的形廓。在彼些人們眼中，情節仍一波推往一波，可其實，敘事的範式與終局已被形構決定。

那些自我勾勒的意蘊與空氣哪……。全幅景觀，我繼續看著。裡頭似乎包含了一切，可無論它的滄桑與豐盛如何漫瀰，當邊界終盡，猶有再一處彼側。我和我所隸屬的次元在這兒據著。

我伸出手，往裡頭探。縱深被重新劃定，全局的啟示隨之更動。那介面底任何物事，再頑強，亦默許地被引至對其而言並不存在的一處河道。世界已然遽變，他們毫無知曉。

從我這裡，看進那裡，生命的道理表列為幾個行段，愛情有明朗的章節與註腳，歷史、信念、真相，每事項有專屬的洞察領著，收束出層疊的表述。微弱的光色被還原為熱烈的譜系。偶然與隨機湊起的巨量，輕輕掐著，順出單純的軌跡。

我屏息。眨眼都不捨得。著迷看著，不住點頭。我抄起筆、和著激動、速速寫下。我寫了比我看到的更多，比我能寫的更多。我用力將它們記得，我記得了比我渴望記得的更多。……那框格底，有一樁自成宇宙的活著。在該個宇宙所不在之處，我睜大眼睛，看著又看。

由窺看而來的感觸，點滴地，侵蝕了我的永恆。我擺盪於暴漲與荒蕪。與我絕無干係之事項，轉為適恰的形貌。降落。榫合我平滑如鏡的活著。

風景蕩開，碾過，我來到一回回潰解。我被嵌入各種組裝，栽進不曾聽聞的開口，於陌生的層階醒來。……然後，我明白，無論我是否據於比那個場景更高維度的所在，那裡，比我高一個維度。

流淌的什麼，由彼個封閉介面無盡地漶上。我看著它，它於是看著我，破解了我，綿密地重塑了我。

一個創造的結構

有些時候，我想自己是一株行道樹，一件家具，我是整個物理的一部份。或短或長的敘事底，我佔據某或小或大的角色，與其餘項目彼此支援，一同勞動，慢慢變老。然而，當音樂仍滑膩如絲，我卻懸著，介於幽冥與清明的無間，悚然的靜默。黑夜與白日，我一次次驚醒，面前是個縫口，呼吸著，擴張，收縮。誘惑著我。

有些時候，我想自己是載滿數據的封包，被送進太空。標準作業程序啟動，我被鎖進(lock-in)隱微卻堅定的軌道，飛進無際與無限。我身上有帝國與文明的完整資料，我將獨力關閉上個紀元，開啟下個紀元。星星的誕生與毀滅交織著，允諾永恆。完美的漠然。然而，恍惚間，仍不斷襲來痛與甜蜜。誰的臉上飄忽的笑，啣尾蛇般的日常情節。

我想，它們都無法描述我曾巡弋的生存景觀。

我是誰？我已成為我嗎？活著的日子裡，觸動與洞察的悖反只能將我抑制為無盡迴廊般的存在嗎？還是它提示了全新結構？在那裡，自由與超越，將是合理的。

一個關於創造的結構。每個凝視、警覺、思索、追尋、省察，是世界的最小單位。

一些，小小的後設（meta）裝置，它們將個體操作為一處試驗場域：追蹤每筆態勢、回應每筆變化、直到找出不可能的辯證、直到一切意念被耙梳完成。直到我們於生存暗流錨定一個願意大聲承認的不可逆的點。

然後，下個時刻到來。後設裝置再次啟動。生存是一個時刻銜著下一時刻。

迷宮是創製本身

生存景觀。那裡沒有地平線天真而霸道地橫著。人們眼神每一回凝止，都是入口。由此，後設裝置做出瞄準、鍛造洞察，狂野的線條被勾出，世界有了輪廓。通往零度的樓梯，未有通道銜接的房間，違反物理的樓面，維度不斷切換與增減的移動迷宮。

迷宮建築由人們對活著的愛與迷惘，當最具野心的數學卡住，我們卻以無可取消的生存縱深，優雅勝任。在你與我這樣的迷宮創製者眼中，圖面的逡行，天際線的飛越，不算什麼。

……未有入口的迷宮正在創製：一個甬道，一面牆，一枚轉彎，一個房間，一處角落，有梯階，有平台。或還有門，有窗。錯綜卻合理的空間築起，迷宮隱約浮現類似起點的東西。

但這仍遠遠地不夠。事情不是這樣結束。我們值得更多。能夠更多。

從隱蔽的穿廊，到窖室，到露台與花園，到城堡，到帝國，然後航向大海，然後飛向太空。在最後一個空間落定前，起點未曾底定，迷宮未被定義。

人，一項可創造認識與意義的物事，如此創製一個迷宮。當起始的零點幾乎浮現，終於浮現，我將成立。某個我，這個我。再無羞赧與懸念。這是我的迷宮，這是我，我說。

我的迷宮，不經點線面擴建，亦非遞迴的纏繞。沒有我的感受與思索，它無法長大。人們以醞釀自生存悖懸的認識，永動機(perpetual motion machine)般無止地界定脈絡、創造意義、織作虛構。無所謂旅途彼方，迷宮是創製本身。

「意義—虛構」建構

整個聚落，一個個後設裝置，就著各自偵測到的觸動，最適化材料、蒸餾洞見、創造意義。一筆又一筆意義被建構成立，蔓延開來，搆上彼此，織出新的介面。自起一格。邊界、核心，驅力從深處湧上。

繁複層次與面向的脈絡，迎向它，發動回應，意義叢結持續冒現。被織就的介面有了漶變與穿梭的性格，視點與處境在各層級間切換著。介面的名字是虛構(fiction)。

介面落定。醞釀的材料、洞見、意義，新一次出土，強化介面，定義起頭的後設裝置。新版本的後設聚落再次出發，下一樁意義任務全面啟動。再一個新介面，一齣新虛構，回返地，強化後設聚落。又一樁意義任務。最新的虛構。

一樁樁虛構被生產出，以其中的情感和領悟，回溯往更之前某個框架與振盪，某個模式，該模式亦只能藉虛構的成立，才能進駐存在。而在新的虛構，又將炮製新的事項。

一去、一返、由去而返、返亦是去。連動著，推進著。秩序讓空氣清澄而安定，迷宮創製者的身形由隱而顯。底下的可能性仍燒著，但已不足以阻礙一個人、一個起點之獲得實現。

不停轉進新一回合的「意義—虛構」建構。柔軟又堅硬的人的樣子，愈加清晰。最起頭，不再只是激亢卻無頭緒的感知觸角，有層級嚴謹的框架以為基地，每個體的專屬後設系統，正式成立。

這一刻起，之於現實，我們每個人，得以界定層次，攝入的景觀俱立體而精細，物事永處於辯證的動態，朝往萬中選一的錨定。故事的內與外，各項目的角色與履歷，有軸心，各個感知裝置旋進非如此不可的鎖孔。人成為一個複層機器，系統在歷經中升級。

我是誰？最初，不真有某個我。歷經一筆再一筆的意義創造，一階段又一階段的虛構，「我」之為「某一個」，或可慢慢浮現。

可我不能鬆懈，否則要被歲月之浪給追上。在那裡，後設之眼渙散而茫然，情緒與意見游動，不再兜得起一個整體。無法熨於現實，砌不起虛構之面、虛構之場。漂蕩於中介的深淵。……那不是我會甘心的活著。

創造意義，界定時序

把世界理解為既成的，對它的描述將總是差錯了一整個階次。為了認識世界，人做出測度與表述，此些動作將對處境做出新的牽動，炮製的行段於是只能指涉此一世界之更早或後來的時刻，非關當下。人無以凝視當下，與它建立關係。

之於隸屬的世界，當下，是唯一的入口，可我們總由過去與未來的角度去理解它。若非探看虛無的未來，就是將自己反鎖在過往的密室。就著生存的對抗變得太輕，或太重。

我們因不具有相容格式而不被現實承認，我們之於自己的生存，被一張透明隔板給攔下。

以總體性尺規界定物事，將現實流動轉換為一個個項目、項目世界的組成部件。然而，該尺規從哪裡來？那裡由什麼所界定？那裡的水流會滲進我的生存嗎？當物事被命名，內涵融混著，生產了更多，新的局面到來，尺規仍是原本模樣嗎？它能及時追上、總是屬於這個世界嗎？

物事絞纏著，持續催生事件，人於其中浮沈，無盡遭逢。可當描述機制未與物事拉鋸，就無法和生存互為對壘。然後我感覺，我得交由後設系統主理，將「一個」、「某個」自流動底圈出，所有的數算與軌道，由此正式開啟。

每項目由兩種圖式勾勒，且非不相容：一是它仍作為未定物事，承受現實流動的沖刷；一是它作為「一個」，有「下一個」，有著後設位置之可對應的指定。

令某觸動為第一套尺規，我們界定處境之輪廓與內涵。召喚的新的觸動，反饋地微調，我們創造意義，自現實勾勒項目。上一項目，下一項目，前與後，不為時序所統御。內容即形式，然後，形式即內容。接著，新一回合。

創造意義，發動虛構，無定的現實有了移行，呼吸與演化著。之於現實，我們創製的虛構是獨立的自足介面。另成一格的時間、空間與物事連動。後設地框架著，反饋地注入，旅程自身辯證出此一介面的內涵。

我們無法主導現實，卻能以虛構作等價對抗，對此一生存之所有的景觀、更多的可能，做出制衡。

不是唯一的宇宙，也不是所有可能的世界都已發生。不是定論的霸權，也不是機率的游移。就著生存，人創造意義，物事獲得錨定。由此，有了一個、某一個，它不是另一個。必然或偶然的論辨，從這裡開始。

策略——自我戲劇化

採擷來自現實的觸動，鋪陳新的平面，散落的事項進駐敘事性整合。脈絡形成，飛掠的意象被植入情節，浮現模樣，彼此牽動，辯證地創生，繼續推進。

無中生有的平面底，鐘擺靜止，別的史詩在別的地方。最微弱的心動亦能從容紮根。我從漠然底醒來，走進專注，走進執著，鄭重的情感蒙上。快樂、憂傷、迷戀、徬徨、暖膩與冰冷，意會著，刻鏤了我，全是真的。

怔忡地，我掉下眼淚，抵著身體的極限。我哼起第一與第二個音符，然後旋律滑開，然後時間動了起來。我在不存在的地方活了過來。真實而親密的線索，就位(locate)生存的當下。

豪華或簡陋的場景，入戲了，都是真的。真實的心動，真實的行動，我打開新的局面，全新入戲。調弄懸線，我是我的戲偶，他帶我溜進一個個景觀，航行直到底盡。……我還想搬演更多，我能搬演更多。

自我戲劇以框架與外部性，令每個個體各自的「我」，從飄盪與不定底逐步體現。人的獨特不在於有多少孔隙與觸角，而在於我們擁有後設天賦作為自我與世界的中介，由此做出若非自己就做不出的轉換。

然而轉換亦是不夠的，我們得以故事對抗故事，以世界制衡世界。對一個思緒追究不捨，無限上綱，要慾望與恐懼現形。人的思索由此獲得肉體性，透著氣味，光色流轉。有了屏息與血色，理路成為意義，裡頭有人。我從這裡開始。

構作起原本未能存在的我，由它和世界的連動，對我勾勒。世界成為我的一部份，我成為世界的一部份。

關於一部敘事的「我」

個體如何獲得單一存在？那並非對現實之順應的加總，而是就著生存，琢磨地令意義的射線匯於一處，有形廓被描出。

一部敘事的「我」。關於他，那個一切心動與躑躇的原始點，不追溯由形上，而是由生存之互相錯位的維度辯證而來。一個人之作為他自己，只能是如此模樣。振盪間，意念釀出全幅景觀。

一部重重鎖上卻仍觸生奇異的詩。一個為嚴明邊界所允諾的反覆卻絕不重複開啟的界域。一處只有一個名字，但將永不被已通行語言擄獲的被凝視的事物、被愛的世界。

《謎樣場景：自我戲劇的迷宮》中有個「我」，我想他有個職業，住在一處小城，在不同時序梯階上牽扯些人。我想他在愛情裡無止地進出，曾經與依然捱受有高亢或荒涼的夜晚。我想他亦在歲月中老去，倘若他與我們共享同一筆物理法則。每日，他寫下發生或未發生的事，整落簿記，部分章節較其餘讓他更執迷。

可到底，我對他一無所曉。直到一筆接一筆，讀取他設造的戲劇、創製的意義，整套廓線終於浮顯。並非迷霧散開，某身形被揭曉，而是，一個人之長出他自己，即將存在，可以被看見。

我是我所虛構的

我不再迷信自歷史淘洗真相，以建構人的形廓。現實中，一切素材俱是流動的，每筆建構都是等價的。漫射的視象，自以為的領略，隨即溜走的光點，抓住它們，我砌築概念的屋宇，意義的國度。一座空間和時間互相穿透、擴充、增生的迷宮。

迷宮創製之際，人，慢慢成形。我以為這是更自由的。我以為，這是真正的自由。

生命中，我曾有所遭逢，為了什麼心動與心碎，做出決定，為飛揚與失敗所綁縛。歲月自指隙溜走，鍾愛的事物在眼前蝕為灰燼，又在不可能的地方抽出新芽。我與人織作故事，後來，一條線斷了、更多的線斷了，然後，所有的線都斷了，我們全離開了。留下故事裡未被破解的謎樣場景，在環狀的四季。

我或者永遠遺失彼些時刻的痕跡，又或者在一回沒頭沒腦的分心底，有突兀的小小線索，召喚出無從得知是否為我所有的記憶。

發生的事已發生了，可彼時的我並無警覺，亦未建立方法。我自以為汲取由生命歷經的啟發，與來自夢裡的打撈所獲，其實並無不同。

慢慢地我明白，它們俱滲入了我對世界的凝視與創造。先來的未被註記，後來的多是與現實擦過的微塵，可它們越過我們各自令定的臨界，匯聚地成為某個，一個人。

那無法是擁有現成資訊的誰，他是自由的。洞察成為事件的本身。創造一筆意義，這個人要多獲得幾個單位的靈魂的體量。人是他的凝視、他的行動、以此撥觸早一刻無所謂存在的漣漪。無止地創造意義，創造虛構……。

如同每個故事篇章裡的他，俱是他的虛構，我是我所虛構的。

「我想起了一段文字變位遊戲：

cras amet qui numquam amavit

quique amavit cras amet

（讓從沒愛過的人獲得愛，讓一直在愛的人獲得更多的愛。）」

國家圖書館出版品預行編目(CIP)資料

謎樣場景：自我戲劇的迷宮 / 黃以曦作
·──初版·──臺北市：一人，2017.01
面；公分
ISBN 978-986-92781-3-3(平裝)

857.7　　　105022707

謎樣場景：自我戲劇的迷宮

作者──黃以曦
編輯──徐明瀚
手寫字──凃倚佩
美術設計──霧室

出版──一人出版社
地址──臺北市南京東路一段二十五號十樓之四
電話──(02)2537-2497
傳真──(02)2537-4409
網址──Alonepublishing.blogspot.com
信箱──Alonepublishing@gmail.com

總經銷──聯合發行股份有限公司
電話──(02)2917-8022
傳真──(02)2915-6275

二〇一七年一月　初版
定價新台幣三八〇元